◆◆ 中国文学名家散文精选丛书

灯味小集

许新宇　著

江西高校出版社
JIANGXI UNIVERSITIES AND COLLEGES PRESS

南　昌

图书在版编目（CIP）数据

灯味小集 / 许新宇著 . -- 南昌：江西高校出版社，
2025.6. -- （中国文学名家散文精选丛书）. -- ISBN
978-7-5762-5632-1

Ⅰ . I267

中国国家版本馆 CIP 数据核字第 2024FS6481 号

责 任 编 辑　邹紫今
装 帧 设 计　夏梓郡

出 版 发 行　江西高校出版社
社　　　址　江西省南昌市新建区工业二路 508 号
邮 政 编 码　330100
总 编 室 电 话　0791-88504319
销 售 电 话　0791-88505090
网　　　址　www. juacp. com
印　　　刷　鸿鹄（唐山）印务有限公司
经　　　销　全国新华书店
开　　　本　650 mm×920 mm　1/16
印　　　张　13
字　　　数　160 千字
版　　　次　2025 年 6 月第 1 版
印　　　次　2025 年 6 月第 1 次印刷
书　　　号　ISBN 978-7-5762-5632-1
定　　　价　58.00 元

赣版权登字 -07-2024-997

序

何文斌

　　今年的炎热从初夏贯穿到了长夏，直到秋杪才觉得宁体便人，安适如常，天朗气清之秋，惠风和畅如春的景况又回来了。老友许新宇先生隔三岔五的信息来，或一起品鉴新得的小玩物，无论灯具、烟袋，无论铜锁、皮篓，各抒己见，玩物不丧志；或问我旧籍是否入藏，新书是否购读，此书可买，彼册可弃。有时候一个电话来，一口浙普话中夹带着酒气，电话这一头的我能感受到宴饮的欢忭，他说着"仗气使酒，我之常弊；低词指切，在君尤甚"这类的醉话，觥筹交错中仿佛也能"绣口一吐就是半个盛唐"。建德与苏州的距离不过三百公里，在今天的交通条件下，自驾四五个小时，风行电照，朝发而午至。我们既盼相见又多怀念，在现代的沟通工具中便捷地交流。依然在有条不紊地工作，无风无雨，祈愿一切安然；依然在业余时间买书、读书、编书，随兴致而动，感受旧雨新知。

　　新宇兄虽是医务工作者，但雅好收藏，藏著兼备，长于文史及文化随笔，对地方文献注重集藏并研究。笔下生风雨，纸上起云烟，深耕有年，写出了一大批珠玑文章，在全国读书圈颇有声誉。

　　建德地处浙江省西部、钱塘江上游，位于浙西丘陵山地和金衢盆地毗连处，气候湿润，四季分明，独特的地理位置造就了这里的一切，体会这一片山山水水的别致、生动与勾留。我们不羡慕化为泡影的王侯将相与黯然失色的琼宇雕楼，但这里有值得眷恋的山珍土产，有值得回味的精烩细馔。我们建议新宇兄在眼睛见过、嘴巴吃过后，还要笔下写过，这是他"建功立德"的使命。一个人默默吃而不作声，只是个体的行为和需求。如果写下来，与朋友们分享，达到共鸣，那便是将口腹之欲作了升华，丰富了内涵，成了一种文化输出。许兄听从建议，于此道经营有年，无论报纸还是公众号，热度颇高，甚至引来了重量级文史专家、研究学者的关注和建议。

一个平淡无奇的午后，新宇与我分享接到出书通知的消息，并向我道及与主编阿滢先生的过从与交游。他又和我谈起选哪些文章，起什么书名，把他的设想一一告知我。灶上美食，多是饕餮口；灯下琐谭，莫非中山笔。友朋六七人，小酒三五斤，天上飞、地面跑、水里游、土中生，入了肚，成了文。铸就了食材的一次轮回，文字的一番作为。但这并不是最终目的。一切的美好与巧合，说到底是人与人的际遇。万法皆生，无非缘分。出版就是将散落珍珠成为串的线绳，以又一种方式展现，是传统式微后的传统，也是经典历尽人生后的经典。

通览是著，数十篇文章组成了一个看着并不连贯、不成体系的饮食集，但是切切之谊、拳拳之心，尽在其中。不自我设限，便能水到而渠成，花落而果硕。这是一般作家所不具有的魅力，奔逸绝尘，而他人瞠若其后。他没有刻意朝高端方向写，这是另一种高端。不掉书袋，没有大段的经典引用。文字质朴有力量，体现了大俗即大雅的风格，这类饮食谭只说自己，不作又不装，与民国时代前贤的为文之道一脉相承。往深了说，这是推广新时代的饮食文化，传播老建德的人文精神。

许新宇先生丏序于我，蕞尔小子何堪置弁言于首。许兄说："唐人李咸用《和友人喜相遇十首》中有'任说天长海影沈，友朋情比未为深。'我们一同印《灯下唱酬集》，不是胜过他人语天之长、话海影之深多多么？"我唯言然。许兄又说："贯休和尚《送郑阁赴闽辟》中说：'从此应多好消息，莫忘江上一闲人。'你编文辑诗的事已顺畅通坦，别忘了我这新安江上的'闲人'呐！"我唯称是。许兄还说："宋人周行己在《送友人东归》中写：'于道各努力，千里自同风。'你从事多彩的珠宝行业，我是白衣的医务工作者，在各种不同的领域努力，相同的'千里风'就是这一本书与一篇序吧。"我唯道喏。

张籍的诗《逢故人》中说："说尽向来无限事，相看摩挲白髭须。"我们在严州相逢，在苏州相逢，在一饮一食中相逢，在字里相逢。这都是江南的好风景，兴深情浓，不外如此。因此写下了这些话，权作小序，未知新宇与芸芸读者许与不许。

目 录
CONTENTS

第一辑

灶上食

　　灯下读书乃人生一大享受，而灯下饮酒品食佳肴不也是享受吗？作者向来钟情于"灯"，因自号"一灯"，并额书室为"灯语堂"，也喜欢和好友三五，聚于灯下饮酒闲聊，如此"灯味"便更意味深长了，有人气，有酒味，也有说不尽的饮食美谈……

　　作者以日常的饮食和故乡美食作为最朴素的题材，力图写出饮食背后的人与故乡之情，人与自然之谐，以及人与人之间因食而往的广阔境地……

阿彪的饭局

　　阿彪是我高中时的同学，是同届不同班的新中学友。当年上学的时候，我们交集并不多，只是知道隔壁班有这么一个阿彪而已。我们真正开始熟络起来却是在他加入建德市作协之后，算起来离高中毕业都快三十年了，密切交往还不足十年，却已在作协里合谋了"哼哈二将"的并称。这种从老同学里发展起来的新友谊，感觉特别的好，有旧知新雨的叠加，有看人处世心照不宣的默契，我也特别看重这点，过了五十岁能在心灵上达到共频的人为数已经不多了，还志趣相投都好一口——酒。

　　在市作协阿彪算是排得上号的人物，他经常投稿于全国二三线的文学期刊，中刊率高，能坚持创作并勤于投稿纸媒，殊为不易。说有情怀，有点托大，是能写会写，每年还能赚点额外的稿费，已经是作协里的小说天花板。

　　我们在一起的时候很少探讨文学，他写小说，小心翼翼的"小"；我写杂文，杂乱无章的"杂"，不是一个路数，更多的话题倒是喝酒。会烧能喝，让我们臭味相投，密的时候一个星期在他家蹭三次饭，喝三顿酒，稀的时候一星期至少会聚一次。彪彪的作息时间比较奇特但很有规律，他上的是"一拖三"的班，就是上一整天班后连休三天，循环往复，所以空闲时间比较多，为他操办饭局提供了时间上的便利，一年下来我也不知在他家蹭了多少次的饭，用十个指头要来回数好几遍。

彪彪的饭局常在家中摆设，菜大部分由他亲自操刀掌勺。他的家在老新中后面的大宅门公寓十幢 301 室，所以他的饭局被我们戏称"大宅门宴席"。叫的人大多来自我们的一个吃饭喝酒群。这个群源于师妹方丰珍有次做东请客临时拉了一个要请的人组合在一起的群，后来群也没散，都说天下没有不散的筵席，另一种可能就是临时群成了常设群，便有了如永不消逝的电波，固定成彪彪的饭局，彪彪也就众望所归地当上了群主。

饭局呼朋唤友有个专用名词"燥"。这个字当初被小方启用时还不觉得有啥奇妙的，时间一长慢慢细品，感觉有点妙不可言。想喝酒对好酒之徒就是驿动的心开始火热，叫上几个朋友一起喝酒就是众口而"品"于饭桌上海阔天空，这样一想这"燥"太形象了。

阿彪饭局简单也不简单，简单无非参加的人员相对固定，一般八到十人，家里的饭桌还是小了点，人多有点挤，不过每次叫人吃饭也不一定十全大齐，加上我在巧山开辟了第二战场，阿彪的饭局略有减少，以五六人聚会为多。简单的饭局可以"粗暴"地做，菜不讲究，有啥吃啥，不挑剔，家常菜合口味。阿彪的厨艺精妙之处在于能将平常菜弄出不寻常的口味，他烧的红烧肉被我们美誉为"灵魂红烧肉"，色香味俱佳，肉质软硬恰到好处，吃不完在碗里撒点霉干菜在电饭煲里一蒸，第二天又是另一道下饭的美味。再有凉拌在猪耳根，就是鱼腥草，本来就有点草药的异味，再加上他特制的拌料，吃起来那口味怪怪的，我都无法形容，可细嚼慢咽过后，会在咽喉处生出一丝类似芥末但刺激性并不十分强烈的回甘之妙，我在其他地方从没尝到过这种凉拌菜的奇妙。还有烧鱼，也是他的拿手绝技，一般的红烧鱼块，清爽鲜香嫩滑；剁椒鱼头，辣得冒汗；酸菜鱼，不比街口胖子排档作为招牌菜的酸菜鱼差。有一次用鱼干炖红烧肉也烧出了新花样，这种创新家常菜的例子可以说不胜枚举，满足了一帮吃货的口腹之欲，所以阿彪叫局，大家乐此不疲，这也是简单又不简单之处。

过了正月初八，年也差不多快过完了，还是根红兄说得好："拜年拜到六月六，新鲜豆腐新鲜肉。"大家惦记的西门卫猪头宴还没摆到议事日程上，彪彪已经展开了春季攻势，今天在群里发布最新消息：@所有人，定于后天（31日）晚餐聚于大宅门。

这预示癸卯年的饭局开局形势一片大好。

2023 年 1 月 30 日

每到冬至或是过年，在建德百姓的饭桌上总能见到它的身影——肉圆。大如拳头，香喷喷、亮晶晶的肉圆是上了年纪的建德人最淳朴最乡土的儿时美食记忆。肉圆制作简单，入口解馋又果腹，既能当菜又能当主食吃，是老少皆宜的美食，是建德人的心头好，最适合冬季进食。当饭桌上端来了一盘散发着热气的肉圆时，年味也随之蒸蒸日上。

儿时，我看过妈妈做肉圆的全过程，所以印象深刻。去年，我在巧山的饭局上做过几次肉圆，慢慢地摸索出一点经验，基本上都达标了。

说说肉圆的制作方法：五花肉是肉圆的灵魂，肥瘦相间的五花肉去皮剁碎，加生姜蒜末搅拌去腥，再加适量生抽料酒味精和酱油酱制备用。

"冬吃萝卜夏吃姜"，冬季的萝卜白皙爽脆，打过霜的萝卜生吃都能尝到甜洌的滋味，它是做肉圆最好的骨架。萝卜洗净刨丝，可撒少许盐腌片刻或氽水沥干备用。

准备一个大点的盆子，将两种备用的食材倒在一起拌匀，会生出少许拌汁不用滤出，把干的地瓜粉直接撒到盆里，一次不要撒太多，可分几次慢慢地加，充分搅拌成糊状即可。

加地瓜粉的多少决定肉圆的成败，加少了蒸的时候肉圆容易散塌不成形，加多了蒸的时候会变成一团坨。不过也不要过于纠结，厨房无废料，散陷的肉圆可以做菜泡饭，成坨的肉圆可以切片炒青菜，物尽其用，绝无浪费。

蒸肉圆：手抓食材拿捏成形入蒸屉蒸熟，等待装盘上桌，别忘了在热气腾腾的肉圆撒点葱花。

如今，肉圆早已成了家常菜，想吃一年四季都可以做，也上了饭店的酒席，被冠以"家乡肉圆""妈妈肉圆"之名的怀旧菜，或干脆以地名冠之：梅城肉圆、寿昌肉圆、大同肉圆……

肉圆的做法大同小异，但味道却不尽相同。喜辣的加辣，还有加豆腐丁笋丁，可见肉圆的包容性很强。

家常菜要创新，饮食习惯也要改变。现在的人口味越来越刁，我后来吃到过肉圆的新烧法，叫炒肉圆，不光是烹制方法的改变，变蒸为炒，阿彪在炒这道菜的时候干脆把肉圆的灵魂也替换了，直接用新鲜的油渣取而代之，味更香，还有 Q 弹的筋道。炒肉圆的关键在于油锅温度的把控和用油量的适度。

炒肉圆自有妙招和妙处，无须尽言，只有你真正吃到了才能说好。西门卫说吃到了洋溪的味道，那是阿彪住在洋溪时，在家招待朋友时炒肉圆作为拿手菜的呈现，那味早已刻在朋友们的心坎里。我也曾吃到过别人炒的肉圆，不是太油就是地瓜粉放多了不清爽，远没有阿彪炒得地道。

昨晚，阿彪吹响了年后饭局首秀的号角，果然名不虚传，"阿彪的饭局"已然成为一代吃货心心念念的私房菜重地。看看昨晚的菜谱：炖黄麂肉、混血煲（猪血羊血）、咸肉炖笋、凉拌折耳根、红烧鲫鱼、青椒炒猪舌头、八宝菜、八宝饭、炒青菜，最后炒肉圆压轴。

昨晚大宅门酒也喝沸了，菜能助兴，酒能助兴，人也能助兴。今天一早，阿彪说昨晚十斤李子酒了光了。

徐桑交杯成瘾，一早在群里发来了诗作：
夜空中，擦出三道玫红的痕

荆棘密布

在银河的两岸

有互为辉映的星星

归属生活的白天

让灵魂臣服，在夜晚

找到归属

将自己点燃，一次次突围

像冲撞的流星

奋不顾身，冲开藩篱

夜空中

分别擦出互不交叉

三道

玫红色的痕

璀璨。转瞬即逝的

那一刻

人声鼎沸

2023，1，31

大师兄风怎能示弱，也飘来了一首诗：

心花怒放

文 / 风（浙江）

美酒溢满，溅出春花

是一件多么不容易的事

风，摇曳出鸟语

从一个寒冬里看见花朵

一颗心的温度，绝对可以

融化每一个冰点

花儿的含苞是一种窃喜

怒放，是春天的一种力量

一段情话，绝对可以

穿透季节的情感

让语言与语言有新的碰撞

而一切美好的归属

在于一缕阳光燃出的沸点

以一朵花儿的形式

盛开梦与现实之间

此刻，我想起奔流

想起闪电与雷鸣，也想起

一场雨的盛宴

阿彪借用 wy 的诗续上了"盛宴"：

春天的第一场盛宴

那就用一杯青梅酒告别吧。

告别一月、告别所有的不愉快！

拈杯酒眯着眼，专心看人间。

让人微醺的是青梅酒，

也是藏在岁月里的故事。

酒杯里有今天的情绪，

也有明天的期许，

这是比美好更好的味道。

愿日出有盼、日落有念。

2023 年 2 月 1 日

阿彪菜谱：
炒腌大肠

引 子

残枝的夜梦，被雨滴敲醒。昨晚，一个醉汉沿着树根洒了一泡尿，枝也醉了。

下了一夜的雨，晨不知疲倦也亮了。那个叫彪的醉汉在小白的踢踏声中，微微地睁开了眼睛，"还好睡在家里。"

窸窣中彪摸到床头柜上的烟盒，抽出一支香烟放到嘴里，点燃一星红火，猛吸了一口，珍惜地吐出一圈圈烟雾，脑子里却在回想昨晚同学聚会最后清醒时的片段，昨晚没喝交杯酒吧？

起床，度出房门，不想洗漱，彪又瘫坐在沙发上，发现茶几上搪瓷杯里的浓茶已渐半，也不加热水也不重泡，彪拿起杯子咕噜咕噜地往肚里猛灌，一股透凉的清新翻滚在胃里，似乎要把昨晚残留在里面的胶黏浊气冲刷，人已清醒了一大半，今天要上班吗？

小白眷恋地依偎在彪的脚后跟，彪眼睛贴在手机屏幕上，贪婪地翻看昨晚夜半的群聊，怕遗漏了重要信息。

"到了这个年纪还一点自控力都没有，那是无可救药了。"阿布的谆谆教导被大家重复了好多遍，仿佛又重新回响在整个房间里，一遍又一遍形成了一个巨大的漩涡，把彪吸了进去……小白一声狂吠。

"笃笃"有人在敲门，谁这么早？睡眼惺忪的彪起身去开门，小白早已冲到前面摇着尾巴在狂颠。

门开了，西门卫一手拎着东西，不知何物；一手拎着一壶土曲酒，喘着粗气地说："昨晚撩你一晚上也不见回应，估计你喝多，我带了点腌大肠，你炒起来，晚上喝点小酒。"

醉酒，肚子里翻江倒海后，依然风不平浪不静，一切在慢慢恢复中。一听大卫说晚上继续喝酒，下意识"哇"一声又想吐了……

"你饶了我吧，让我歇几天。"彪讨饶了。

"小酒，小酒。喝点还魂酒有助于身心健康，这也是群里大家的意思，让我代表一下来安慰你，晚上陪你喝点聊聊天。"大卫讪讪一笑，半真半假的语气哄得彪彪一愣一愣的。

"好吧，先让我睡个回笼觉再说。"彪算是默许了，回身走进卧房。

大卫放下东西先走了。

好一副猪大肠

猪大肠好吃，就是清理起来太麻烦。一副大肠买回家，清理工作得花上半天功夫。

我没有买过大肠，怕麻烦，去年在巧山杀的那头年猪，我把大肠送给了根红兄，他不怕麻烦。

以下是大卫处理大肠的经验之谈：大肠买回家后，先用温水清洗下，再倒入少许菜油搓，然后倒入少许面粉抓揉，清洗干净，翻面，去油，按上面同步操作后，再次翻回来，清洗干净加入盐，腌制二十天左右就 OK 了。

和我想象中的情景差不多，不过还要补充几点：清洗时一定不能用洗洁精，切记，切记；不要让有洁癖的人来清洗，洗白白了会把大肠特殊的味洗没了，多少留点附着在大肠里的油星，是油星不是脂肪结节；腌好后不用晒，一定要晒，我也不知有啥区别，保持大肠必要的湿润度，应该是比较友善提醒。

品腌大肠

傍晚，阿彪微信里约我晚上到大宅门公寓喝小酒。"小酒"的意思是人少菜少，酒随意。

下了班，赶到大宅门十栋阿彪家，进门前被小白狂欢迎接，这待遇。

饭桌上只有阿彪和大卫，阵势已摆好，就三道菜：咸肉骨头炖油豆腐，香肠蒸鸡蛋，炒腌大肠。

倒在杯中是土曲酒，色如黄酒。

坐下，先呷一口酒，这叫润口。看菜品，这盘炒腌大肠，阿彪是比较敷衍的，连最基本的新鲜大蒜也没有，他坦言大蒜家里没有了又不想出去买，但他用大白菜同炒是妙处。

先尝一块腌大肠再说，夹住入口，不错！入味了，咬起来"硬纠纠"的（梅城话"硬纠纠"不是硬邦邦的意思，是有嚼劲，不烂不脆，可以在嘴里停留很久），再一口土曲一起下肚，余味悠长。

炒腌大肠和炒新鲜大肠相比较，腌大肠不用放生抽调味，不用放老抽调色，能炒出猪大肠的原味，腌制后泛出的微红润色已惹人喜欢。烹饪方法越简单越能体现食材的本真，有时无意为之的一个举动倒是成全了一种美味，谁也想不到。

小酒，有这么一盘炒腌大肠就足够了。

三个老友一盘菜，一晚一梦乐开怀。

2023 年 2 月 12 日

小诸葛的厨艺经

在我的朋友中，会烧菜的占八成以上，不说各怀绝技，但有些独门厨艺却有深藏不露之势，不尝过他们烧的菜，不知道还有那么多的花头精。这种野蛮生长的民间厨艺家，常常不按套路出菜，却经常能烧出几道不同于酒店宴席的新鲜玩意。

诸葛建新是其中的代表人物，他在对付土物上有一手小聪明。在老家的时候，天上会飞的，地上会跑的，泥里会钻的，溪里会游的，不管什么活物都躲不过他的手掌心，办法别具一格，用铁夹夹过野猪，用地笼捕过蛇，在屋后的林间张网猎过野鸟，徒手在田埂里捉游滑的泥鳅，在村边的小溪里抓鱼更是小菜一碟，因而有了"小诸葛"的诨号。后来国家对野生动物的保护加强了，为了不惹是生非，小诸葛便点到为止，收手不干了。

会取活物有一手，能烧出一道好菜又是另一手。我没少吃过他烧的美味，"麻雀虽小五脏俱全"，野鸟虽小，烧烤最有味道；蛇虽灵敏，也逃不过捕蛇者的独门圈套，捕到的蛇炖汤炖鸡，夏天小孩可去痱子，女人能光洁皮肤，男人对着"霸王别姬"可下酒；泥鳅炖煲，加点雪里蕻腌菜，还是那个"鲜"字。

二十多年前小诸葛到新安江镇上讨生活，白天倒腾古董，晚上带上他自制的捕鱼工具，骑着一辆破摩托车风驰电掣到岭后的千岛湖里去抓鱼了。他那套行头我见过，真是全副武装，头顶矿灯，腰缠电瓶，脚穿长筒雨靴。两根长长的毛竹竿做成的带正负极的电击棒，还有渔网兜备着。那时千岛湖的渔政管得还不是特别严，像小诸葛这样来无踪去无影的漏网之鱼总能在浩瀚无垠的千岛湖里捞到点好处。几斤十几斤的胖头鱼，螺蛳青如捞囊中之物，野生鳖也不是稀罕物，战利品收网后到家就有买主来取，有饭店的老板，有家中病愈后的熟人，各取所需，皆大欢喜。有一次，我看他捕到一只白花足有四五斤重，便花了两百块钱买下，招呼几个朋友就在小诸葛的出租房里由他炖大盆清汤白花一个菜，这是我平生吃到过的白花烧得最正点的一次，真过瘾。除了白花鱼刺太多外，无可挑剔。

那时在千岛湖里捕鱼，运气不好也有逮个正着的时候，跑不了则没收渔具罚点款了事。现在通信发达，监控随处可见，渔政全方位巡逻，加上处罚力度提高，像电鱼捞鱼这种营生小诸葛早就歇手不干了。

回到寿昌后，小诸葛在南门广场附近开起了古玩店，生活也稳定了许多，不过一身好武艺不显摆显摆时间一长总归难受。前几年，我还看他在寿昌江里放虾笼抓虾。这玩意比较简单，傍晚的时候把虾笼沿溪边沉入水中，一头长长的绳线系在岸边的固定物，第二天一早来江边收笼即可。请君入瓮，晨起收笼，多少会有点收获。一碗活蹦乱跳的鱼虾，中午就成了盘中餐。那时，我没事就往寿昌跑，就冲着不时会有意外之喜的口福。新鲜的野河虾怎么烧都鲜，哪怕是沸水里一煮，虾身瞬间变成白里透红的晶莹，用醋料一蘸，绝美的有滋有味，如果有神气做成醉虾就再好不搞了。杂鱼用锅仔炖，只要放点姜蒜或是紫苏慢炖，中午喝上二两小酒，淘上几件小古董，一天便就心满意足了。

有一年，北京的老谭来访建德，我特意安排了老谭夫妇到小诸葛的古玩店一逛，顺便让小诸葛露一手厨艺。那天中午小诸葛果然没有给我丢脸，看似简单的几道菜，真是用心烧了：笋干炖土鸡，清蒸鳊鱼，水煮河虾，拍黄瓜，花生米，油焖毛芋，炒青菜，清炒水芹菜，好像还有一盘高汤螺蛳。我特意在电话里交代小诸葛，明天北京来的客人是回民，要尊重兄弟民族的饮食习俗，不能马虎。第二天中午，我们一行人一到古玩店，店堂里的四方桌上差不多已经摆齐了待客的菜肴，光看菜的色泽已是秀色可餐。可惜老谭不喝酒，但看他夫妻俩吃得津津有味，对小诸葛的厨艺应该是满意的，这也为我挣得了一个面子。

一个地方的山水美景民居风物自然会给外地的游客留下好的印象，而当地的饮食美味也是留住游客美好记忆的软实力，在这点上，民间厨艺家的特色贡献也功不可没。寿昌中山步行街上的夜宵饮食一条街的红火就证明了这一点。

前年，小诸葛自办的寿昌民间博物馆也在步行街上隆重开张，还特意在后院空置的两间小房里设置了私房菜厨房和一个小包厢，有借机把自己厨艺发扬光大的意思。这也是我当初给他出主意的提议。据说现在圈内已小有名气，成就"小诸葛的饭局"的前期目标已经达到，不过还须再接再厉。

去年年底，师妹风筝的生日宴放在小诸葛的私房菜包厢里，可能大家的关注点都在生日的气氛上，对那天的菜没有评头论足，过后我打听了一下，朋友们含蓄地指出小诸葛烧的菜没以前烧得好吃，那厨艺退步的苗头是否有点显现出来了？

　　有机会我得去敲打敲打他：别人嘴里的口碑才是你可以引以为豪的金字招牌。

2023 年 2 月 2 日

小方的家宴

《满江红》红了，看网传视频有少年近似癫狂地嚎叫"满江红"："莫等闲白了少年头，空悲切！"这倒让我想起了小方的头——少年白，少年老成的持重感总是喜忧参半。

小方是阿彪的小老弟，交往已久，两天不见阿彪就会在群里嗷嗷叫，感情是真的兄弟情，但关系这么"铁"我还是第一次见识。和阿彪处久了，小说没学会，烧菜倒自成一派，尤其擅长做凉拌菜，大家戏言"凉拌小方"。

近朱者赤，带头大哥带得好，能让人少走许多弯路。小方是家中独子，吃穿不愁，生儿不管，看阿彪这么顾家，潜移默化中也改变了许多。就拿做菜这事那可是细心活，没有点耐心和天赋，你再用心也是枉然，可小方自从把心思放在做菜上就乐此不疲，进步很快。

最初有一阵子，小方三天两头请我们到政法路口的杨家菜馆喝酒。那家店是他亲戚开的，菜价实惠，每次结账又会给小方打点折，他真把菜馆当成了自家的食堂，没事就吆喝我们去喝酒，时间一长，首先是阿彪不乐意，再好吃的酒店也架不住这样的吃法。

听声要听音，这回小方听进去了，开始慢慢琢磨厨艺是咋回事。心有灵犀一点通，他吃阿彪做的饭菜太多了，不说言传身教，看多了也悟到了一些烧菜的门道。先从凉拌菜入手吧，先易后难。凉拌菜制作简单易学，口感爽脆，开胃解腻又营养，既下酒又下饭，是百姓喜欢的菜肴，像拍黄瓜，凉拌娃娃菜，八宝拌菜，酸辣黑木耳，拌三丝，凉拌海蜇头，醉花生……他先在家里摆弄，从食材选购到苦练刀功，再是各种拌料的调配，终于可以让家人尝尝鲜。有了一定的把握后便把自制的凉拌菜带到阿彪的饭局上让大家品尝，大家一致叫好。初战告捷，给小方突增了百倍的信心，他又偷偷地朝厨艺的第二阶段进发：烧大菜。厨房竟有如此魅力，能让一个人把玩心转移到这里，闷声学厨艺。烧大菜先从红烧肉下手，再是做狮子头，肉馅油面筋，干菜扣肉……小方没有透露学做大菜的具体过程，有点偷学武艺的意味，等到他招呼大家到他家里吃大餐的时候已是大功告成。

小方在厨艺上的成功晋级，有个得天独厚的优势，因为父母帮他带小孩都搬到梅城去住了，他家在新安江街道的房子一直空置着，这下派上了用场，可以尽情发挥自己的特长，在府西路上的家中磨炼厨艺。等到能摆家宴的时候，看他自信的笑容可以感觉到他的得意：一来可以展示自己的厨艺，也是大显身手的机会，二来又省去了老是吃馆子的不当消费，自己烧总能省不少钱。

我已记不清小方能在家正儿八经地摆家宴是什么时候，不过依稀记得他烧的干菜扣肉、狮子头和肉馅油面筋三大样特别有特色，最后还炒了一大盘面条作为主食，经过我们几个师兄的品鉴，全票通过对小方厨艺的现场考核，就差把自学成才的大红花挂在他的胸前，从此朋友圈里又多了一个大厨，我们也多了一份口福，真好！

过完年，小方又开始张罗在家请客一事。周四他发来了邀请：于2月3日（正月十三）晚上五点半，府西路家中相聚一刻。

没有长辈在家的家宴最放松，昨天下午我和阿彪早早地赶到小方家，也不用我们帮厨，由他一个人在厨房里忙碌。几道凉拌菜已上桌：凉拌香菜海蜇头、酸辣黑木耳、干三丝，热菜一个个地上，邀请吃饭的人一个个地来，等菜上齐了人也差不多到齐了，开席：油焖大虾、红烧肉、雪菜炖春笋、红烧鲫鱼、大白菜炖肉馅油面筋……他知道大家刚过完年，肚子里的油水太足，便多做了几个素菜。

　　围着白围裙的小方走到饭桌前，有模有样的大厨形象让我们刮目相看，感觉头上还缺了一顶代表厨师段位的白高帽，没想到他还真准备了，赶紧走到房间里找出来戴上，齐活了，看那身厨师专业行头还真以为是西子国宾馆请来的大厨，惊艳了大家，一顿放肆闹猛的家宴正式开席……

2023 年 2 月 4 日

诗风与厨艺：大师兄的野路子

你刚唱罢我登场，还在正月里，各种请客接踵而来，刚吃完小方的家宴，大师兄根红又发出邀请：@所有人，定于2月6日星期一，万正商寓共聚晚餐。重要的事情说三遍。

万正商寓不是酒店，是根红家所在的公寓楼，在家里招待客人是请客中的最高礼遇，我可没少接受根红兄这样的招待，就因为我们都好一口酒，喝酒要找伴，在家里吃饭我几乎滴酒不沾，到他家喝酒每次都不醉不归。

在朋友圈里，我看过年数根红兄最忙，从除夕的年夜饭忙到元宵的团圆饭，各种家宴没停歇过，不停地请家人亲戚同事同学战友到家里聚餐，真是勤劳的蜜蜂，孜孜不倦。会烧菜能喝酒还好客，天生的劳碌命，终年在厨房里打转转，现在轮到"烧"群了。

根红是建德作协的老字号诗人，先后正式出版了六部诗集《飘动的季风》《行者》《跋涉的足音》《七色鸟》《穿过荆棘的风》《野花集》，他曾任过市作协的秘书长副主席，在这个圈里根红如果是一把剑，别人也只好说自己是一把刀了，可他更乐意是一阵风。诗歌是我年轻时的旧好，混到作协后自然和根红兄亲近了许多，其实最关键的还是喜欢喝酒，与其说是文友，不如说是酒友更符合事实，人以群分，经常在一起喝酒的人都心知肚明。

像风一样歌唱

在喝酒之前先聊聊根红的诗。

根红喜欢风，便用"风"作为抒情写诗的专属笔名。一首首带"风"的诗翩翩起舞飞向心坎飞向远方。

在根红的眼里，风是最富诗性的自然存在，她来无踪去无影，缥缈不定，给人很多的想象，与其他字的组合又生出了无限的美好：风雅风流风景风骚风尚风情风物风光……

根红用"风"来引领自己的诗歌创作是有深意和期许的：

像风一样自由

像风一样飞翔

像风一样歌唱

像风一样野生

像风一样缥缈不定

像风一样迅猛出击

有一颗自由的灵魂才配得上写诗，"戴着镣铐也要跳舞"，就像他的《穿过荆棘的风》：

成片的落叶　　正如时光留下脚印

由浅至深踩在四季的音符上

前方的云彩于黄昏的高岗挥手

小舟与树叶　　都成为时间的木屐

而一阵行走的风沿着山的曲线

呼喊着一朵花的名字

雏鹰　　终于崖边展开拥抱的翅膀

一声呼哨　　听得一阵风穿过荆棘

情绪泊于树梢翘首悸动的缠绵

唯独四季留下了风依偎的痕迹

即便穿过喋喋不休的雨季之后

叶间的光依然穿透鸟鸣的雏形

摇曳的依旧是那缕穿过荆棘的风

被点点雨滴刻画着黄昏的音符

而绿色屏障遮盖的那道星光

又燃起灯火中那青黄不接的遥想

我以为穿过荆棘的狂风暴雨必定有电闪雷鸣的呼啸，根红笔下诗性的风却依然潇洒自如，没有给我想象中的冲击，倒有了许久未盼的宁静，心欲静而风不止，风吹过而心如止水，我沉浸在这样心灵波动的体验中。

根红兄不乏深情，但要写出风的气势又谈何容易？可词语的功能一旦被解放，语言释放出难以置信的光芒。这是过承祁点评根红诗歌的一句话，我深以为然。

承祁兄观望过根红诗歌创作的全过程，评价风的诗歌变化更客观，有全局性，我只是蜻蜓点水似的挑我自己喜欢的诗来阅读，会心之处会情不自禁地朗朗上口，也只有触动心弦的好诗才能引起读者的共鸣，有时诗人除了才气的加持，还要仰仗于神助的降临。

1936年的十月，冯至在为诗人里尔克十周年祭而作的《里尔克》一文中提到了《旗手》："在我那时是一种意外的、奇异的获得。色彩的绚烂，音调的铿锵，从头到尾被一种幽郁而神秘的情调支配着，像一阵深山中的骤雨，又像一片深夜里的铁马风声，这是神助的作品，我当时想；但哪里知道，它是在一个风吹云涌的夜间，那青年诗人倚着窗，凝神望着夜的变化，一气呵成的呢？"我相信根红兄也有无数个这样的夜晚，倚着窗对着风苦思冥想，期待神助的作品不断涌现。那会有一首如《旗手》一样精彩的神作吗？

我私下里问过根红："根红兄，你最满意的是哪首诗？让我好好品品。"

"说不上来的，都是自己的孩子一样，也亲此疏彼不来。你自己再看下吧，那些写序的都有选择的呢。不同时期都有亮点，肯定的是在进步的，但诗歌还在路上。"根红的回答很实在，似乎也在考验我的诗歌鉴赏力，挑了一首《身骑白马》：

披星戴月　　那匹走了三关的白马

早已拴在了那个王宝钏的身上

只是　　西凉战鼓还未持续到中原

一袭素衣便已裹住了战袍

这让我想起策马的马超　　在蜀地

只轻轻地横刀兀立　　便腾出来

大片大片的完整疆土

任由想象的风暴一次次挥师南下

当一匹白马踩着白云的韵脚

天空　　便开始浮现尘土飞扬

刹那间　　群起的驰骋由远而近

身骑白马　　便是心底的一个音节

似乎　　一切感念都开始蠢蠢欲动

我任由自己漂泊在风里

如果从马上跌落的风景也是真的

宁可　　将一匹马放归于心底

其实　　谁都可以是那匹闯荡的白马

一生一世都在执着地奔突

只不过在一群马的世界里　　是否

都已归属了各自截然不同的路径

根红兄写诗喜欢以四句为段，千锤百炼于历史与现实的接缝处观照，在阅览人间疾苦的风中愈加沉郁，像杜甫的诗在人生的苦痛中给人以生的希望，坚持的光芒，还有悟性的开窍。根红一直在观看，宇宙万物皆于目下，从爱情诗出发，向着春夏秋冬，向着野花野草，向着鱼虫鸟兽，也向着锅碗瓢盆。"里尔克就这样小心翼翼地发现许多物体的灵魂，见到许多物体的姿态；他要把他所要把握住的这一些自有生以来、从未被人注意到的事物在文字里表现出来，文字对于他，也就成为不是过于雕琢，便是从来还没有雕琢过的石与玉了。"（冯至）此刻，我已将根红和里尔克画上了等号，可每个诗人又有不同于别人的观察，写成诗就带有诗人鲜明印记的作品。

什么诗才会给人留下深刻的印象？刘小枫在林克翻译的特拉克尔的诗集《孤独者的秋天》序言中有这样的叩问："诗人能否被历史挽留，不在他写得多，而在是否以尖利的语言写下让历史刻骨铭心的感觉。"

刻骨铭心并非只针对因爱情的受伤而有的一种精神触痛，当我们的生命同样遭受这样刻骨铭心的刺痛而无法言说的时候，诗歌便诞生了，这或许就是诗歌存在的理由和价值吧。

根红兄以风的姿态、风的激情、风的无限在诗的原野上一路驰骋，诗风沉，重，深，厚，野，灵，指向性包容性神秘性多样性生活化具备。风是缠绵的，也是决断的，"风萧萧兮易水寒，壮士一去兮不复还"，风纵有万种风情，一旦临危受命，便有壮士断腕的决断。

我希望风的诗能被历史留下！

诗人和生活家

根红不仅是个诗人，还是一个懂生活会烧菜的大厨。

诗人不是不食人间烟火的滥情歌唱家，光沉涵于虚幻想象虚构推理虚情假意中不能自拔，而是实实在在地在柴米油盐酱醋茶的日常平凡中自我升华，是生活的炼丹炉提炼师，是点石成金的巫师飞舞彩练的魔术师。

根红兄的厨艺和他的诗歌风格有点神似，喜欢剑走偏锋，别人烧菜食材的选购不是农贸市场就是大小超市，图新鲜的还可以找菜农自己种的路边摊。而根红兄喜欢自己开着车一年四季不停地到乡间田埂、荒山野岭、小溪小塘去寻找挖掘捕捞各种野生食材：杂鱼、河蚌、黄蚬、螺蛳，蕨菜、地衣、水芹菜、野葱、山笋、冬笋、地衣，杨梅、柿子、李子、青梅、板栗、猕猴桃、菱角、山核桃；栀子花、野菊花、金蝉花……取之不尽的自然馈赠，让根红兄有了用之不竭的灵感收获，写诗与生活两不误。

他车子的后备厢塞满了各种工具，背篓水桶捞网锄头挖笋自制镐树枝剪刀……

最拿手的几个菜大多是他自己去捞、摸、摘来的。河蚌入菜并不鲜见，但要烧得好可不容易，根红知道哪个水塘有此物，水质好肥头大。河蚌肉质偏硬，取料有讲究，制作更有讲究，切丝剁块前要有节奏地拍打蚌肉身，以图分解肉质的松紧度，爆炒后的蚌肉鲜香有弹性，炖汤也容易咬嚼，并余味无穷。建德人以前炒螺蛳喜欢用淳安豆瓣酱酱爆，现在口味有点变了，喜欢用高汤煮螺蛳，同样也可以用在烧黄蚬上。

黄蚬绝对是江鲜神品，它的肉质不像螺蛳那么饱满，单薄如鸭舌，有外壳像微型的河蚌，其貌不扬，但对水质的要求极其苛刻，似有洁身自爱的品质，是江河献给人类的天然恩赐，年复一年滋养了人类的日常生活。它味道鲜美，营养丰富，有上好的优质蛋白。它还有入药的功能，清热解毒，化痰止咳。据说蚬子壳烧灰外用，可治各种疮症。

烹制黄蚬十分简单，热油锅翻炒后加料慢火炖煮，受热后两片外壳会自然分离肉也会收缩，煮出的鲜香全在汤里，装盘上桌后，一眼所见皆是壳，如战场败走的丢盔卸甲，热气腾腾如狼烟四起，却是溢香满桌。好不容易找到一片带肉的蚬壳，一定要趄点汤汁，连壳带汤送到嘴边，滋溜一吸，把肉和汁全都带入嘴里。

小时候，家中偶尔会烧一盘黄蚬，那时根本不懂吃的讲究，看黄蚬壳多肉少，一点也不喜欢吃这道菜，最多用汤拌饭，几碗饭下肚，吃饱拉倒，全然不知细嚼慢咽，享受美味的漫长过程。

春节一过，天气变暖，江南莺飞草长，各种野生食材也随之茁壮成长。蛰伏了快一个冬季的根红早就蠢蠢欲动了，一直在注意气温变化，风对气候是敏感的，任何风吹草动的苗头都躲不过他身体的感知。什么时候该出发？到什么地方有收获？他心里有块活地图，各种平时关注的食材分布图清晰在心，高岭巧山的竹林里冬笋春笋，高岭方村附近有片蕨菜地，特别丰盛；寿昌河南里田埂上的马兰头、荠荠菜，马目的菱角莲花的野菊，岭后的香泡淡竹的核桃……

南方很多农村的庭院里，有一种长得很像柚子的果实，它的果子很大，单个就有三四斤重，并且味道奇香无比。可是把它切开以后，所见到的却是很厚的皮，而只有很少的果肉，并且吃起来味道还很苦，非常难以下咽。

如果你把它当成柚子，那就大错特错了。这个可不是柚子，而是柑橘家族中的"大元老"——香泡，学名叫香橼。

东汉时杨孚《异物志》（公元一世纪后期）称之为枸橼。唐、宋以后，多称之为香橼。

当柚子广泛种植后，香泡的命运发生了太大的变化，从结出果子开始，从青色到黄色几乎无人问津。可皮厚肉苦的香泡到了根红的手里，不直接当水果来吃，取之橘黄色的皮用来做菜。

香泡皮有点像海绵，均匀切片后要过水汆煮，滤清水挤揉去其苦味，装盘备用。

那天在根红的家宴上不仅吃到可口清香的香泡皮，还尝到了秀色可餐的红曲酒。那红曲酒的胭脂红特别诱人，酒进口淡而带酸，后劲却很厉害，三碗不过岗，谁贪杯谁倒霉。建德也是酒乡，各地在过年前有做酒的习俗，寿昌大同一带的地方会做糯米酿制的米酒水酒，靠近兰溪方向的大慈岩大洋等地方会做红曲土曲。土烧酿造遍布建德农村的各地，荞麦烧，小麦烧，苞芦烧，莲子烧，五粮液，金刚刺……品种繁多。根红奉献的红曲酒不知取之何方，三碗下肚后，头已经晕乎乎的，已经找不到方向……

有趣的灵魂万里挑一，懂生活有乐趣，把自己的身心交给大自然，所得的收获意想不到，既锻炼了筋骨，又得到了自然的馈赠，既酝酿了诗情，又成全了美食，其中的体验与乐趣，就像喝酒一样是会上瘾的。当背篓里装满了战利品，头脑里一首诗的雏形已经生成。

吃不完的野味又可以晒干，烘干，家中的笋干蕨菜干鱼干常年备用，客人来了，轻轻松松烧几个菜即可下酒。为了养活水薤，那个大露台有了用武之地，根红专门砌了一个水池用来保存他的野外果实。

读懂风的诗就能读懂根红的生活美学，对我们都是有启示与借鉴作用的，如何把自己的生活过好是一个人生存于这个世界上最大的学问。

写诗与做菜，有相通之处，不咸不淡有余味；抒情就像野马要放得开也要收得住；好玩会玩，玩出生活的意义和生活百态，根红，我是真服了你！你有滋有味，我们也可以一醉方休。

晚年的辛弃疾写过一首《鹧鸪天·博山寺作》：不向长安路上行。却教山寺厌逢迎。味无味处求吾乐，材不材间过此生。宁作我，岂其卿。人间走遍却归耕。一松一竹真朋友，山鸟山花好弟兄。

　　我愿把这首辛弃疾的词献给根红兄向风致敬！像伟大的词人一样：
"在有味与无味之间追求生活乐趣，在材与不材之间度过一生。"

2023 年 2 月 8 日

补药

大家都知道"是药三分毒"，可当拿来当补品时，特别是为了养颜，那"毒"几乎可以忽略不计，但有时真实的后果会让人不寒而栗。

隐去阿布的真实姓名，免得不怀好意的人当面嘲讽她。

阿布年过半百时依然风韵犹存，那白皙的脸蛋不仅水灵还富有弹性，平时喜欢喝点酒，微醺之时脸的肤色更是白里透红的光亮，惹得比她小不少的师妹都心生妒忌，这种可以和女儿误称姐妹的给人以年龄错乱的美丽误会，几乎是半老徐娘们梦寐以求的幻想，可阿布做到了。有一次，酒喝多的时候她曾不经意地透露，她有养颜秘方，当大家起哄说来听听，她只笑不答，眼角边飞出不见皱纹的妩媚，更增加了秘方的神秘隐秘和私密。

怀春时的阿布也写过诗，今天阿布发在群里的这首似诗非诗，大家都当成了她的即兴感言：

昨晚我中毒了

不知道虫草和哪味中药相克

头晕目眩两眼发黑

吐得天昏地暗

我以为是那只鸽子

要带着我飞向另外一个世界

那一个充满阳光和鲜花的地方……

随后，没人催促，阿布自主公开了她的养颜秘方：黄芪当归党参枸
杞红枣太子参西洋参莲子百合麦冬虫草

虽然没有配伍的具体重量，清点了这些混杂在一起的补药有十一
味，无论是否精通中医中药，乍看就会觉得不对劲，这是一帖猛药。

阿布开始自倒苦水：

昨晚真的差点去见阎王

两点钟开始发作

吐不出来

喝了盐水，四点多才吐出来

六点继续喝盐水

吐光拉完才回魂

大家从玩笑中惊醒，多少有点明白，昨晚阿布经历了一次生死考验。

可师妹们看了还是不理解，阿布继续解释：嗯嗯，我已经两次中毒
了，有些食物相克是要命的。

爱美无度会出事，女人啊！当引以为戒。

不愧是养生高手，经过自我调理后，到了傍晚，阿布慢慢恢复了元
气，又给自己烧了一碗小米粥蛋清，还配了一首诗：

昨晚梦里

看见春色如茵的田野和山岗

我关闭了所有的喧嚣

安静地欣赏

浅春的陌上

依旧草色如烟 青苔点点

摇曳着旧年风光

转角，那一段错过的缘

落在了谁的房前屋后

梦醒

所有关于春天的气息

那遥远的诗和远方

暂且 让它停在某个可以歇脚的驿站 等待

春风的和煦徐徐吹来

便可启程

走进春暖花开

走过细水长流

我 在春天等你

我邀风 在春天

一起等你——

等桃花灼灼

等鸟语花香……

标题：我在春天等你

看后，感触良多，可我只能回应：愿春天的百花里有一朵阿布的芬芳。

（注：梅城方言中，我们称外婆为阿"布"）

2023 年 2 月 13 日

土老灶万前

万前在家烧的私房菜每年总会在某个时段触动我的味蕾神经，等待着接受他的召唤。

和万前一起喝酒的记忆现在已经固化为"痛并快乐着"。有一年的某一天在他家喝加热过的米酒，也不知喝了几碗，头喝得晕乎乎的，散席后从二楼的楼梯上一失足滚到了一楼，当时把他们吓到了，赶紧呼叫120急救把我送到自己单位的急诊室。虽然酒是喝多了，经这么折腾人反倒清醒了许多，结果还是被抬起做了CT检查，真是大水冲了龙王庙。其实真正伤到的是我的手腕，后来做了磁共振检查，果然是韧带损伤，养了好几个月才恢复正常。这种酒后出状况的事，这不是第一次，也不是最严重的一次，以后慢慢聊。所以，酒后的记忆成了"痛过快乐着"，好了伤疤忘了疼，记住的都是快乐。

万前，姓徐，白沙新蓬村人，善饮，擅厨，乐馈宾。早年承包工程，做了几年包工头，后来因家拆迁在公路边造了一排楼房，干脆在家做起了包租公，有闲暇时愿下厨亲自掌勺，为了这点喜好，他在新楼房靠山坡的一边加装了一间偌大的厨房，还专门找师傅砌了一个土老灶。这种对昔日家厨设施土灶的偏爱，有怀旧情结的成分，也有用土灶烧菜更能烧出旧时风味的执念。由此，我们戏称万前为"土老灶"。

万前名字取得好，有腰缠万贯的意味，其实也达到了。知天命，乐在沽酒尝食，有一油炸油豆腐做得蓬松酥脆，蘸酱料入口下酒佳品，成为保留私房菜。又制大块红烧肉，连厨艺高超的阿彪也赞不绝口，有次带阿彪去分享，连吃三块大呼好吃。

近日，万前又摆家宴，叫了一桌的老友。家宴大放异彩，万前得意地说已经把老婆培养起来了，大部分的菜都是美芳代劳，家有厨娘也是一宝。

小厨妹楣楣

楣楣是严陵书局的女书友，远在美国求学，在洛杉矶攻读中西比较文学专业，应该快毕业了吧。我了解的都是她学业有成，知书达理，善解人意。回国探亲时曾在马先生家见过一面，印象深刻，娴静舒雅，称马先生"叔叔"，行师礼，我们也沾了点辈分的光。

没想到楣楣还会做菜，做得还那么好，这就出人意料了。看来只要喜欢，每个人在各个方面都会有长进的，以下是楣楣发朋友圈文字说明，有图为证：

时隔三年，我又把做好的食物发给悠悠，她再次赞叹："楣楣，你做的菜好美！"于是，厨娘小姐姐的虚荣心又一次得到了极大的满足。正值今日总统日闲暇，聊作《庖屋铭》二首，以志厨艺渐长、知己共赏之乐。

其一："匪金匪玉，含至味兮。可盐可甜，神其和兮。心动于中，手运乎铲。室有馨香，胸有丘壑。"

其二："抡铲挥斤，焯水洗铛。刚日煮鸡，柔日烹笋。醯醯盐梅，厨亦有道。淑女在齐，不忘肉味。"

人们喜欢用"色香味"俱全来评价菜肴的好坏，其实还可以加上一个"形"的标准。楣楣远在大洋彼岸，她做的菜我们闻不到也尝不到，但还能看到佳肴的色泽光鲜清新，形状也有范，女人做菜就是和男厨不一样，菜一出品总会让人眼睛一亮夺人所好。

2023 年 2 月 21 日

老过的菜单

一、"十全老人"

我们戏称老过为"十全老人"，是赞誉他"琴棋书画厨，诗词歌赋文"都能摆弄得一清二楚，现在小过也老了，冲着他会的十艺叫老人也名副其实。而十艺中唯有"厨"是物质的，其他都是精神层面的享受或是创作。吃是人的头等大事，只有吃饱吃好了，才有精气神去享受创作那些人间的至乐至美，所以"吃"有引领作用，而"吃"的最高境界是会做吃的，有表现力的就是满身的厨艺，也直抵人心。

听说老过要在家请客，大家都有点小激动。以前经常在他的文元书屋吃他亲厨的菜肴，烤鱼、大盘鸡、双肚片……一帮文友在他如同花果山一样有独立空间的文元书屋里大快朵颐，喝酒耍疯喊天叫地，真是快哉快活，嬉闹声丝毫影响不到外围民居的安宁。酒后又一股烟溜地到楼下的严陵琴馆喝茶聊天，偶尔还能听几段老过乘兴拨弄古琴的古音，从世俗中一瞬间进入高山流水遇知音的境界。

细细想来，好像从疫情一开始，那个逍遥地就难得一聚，更别说再回沉醉。

昨晚的约定请客也改到了老过的家里。

二、初到奇人老过家

老过是谁？建德文艺界奇人过承祁也。以前"老过"叫的是他的父亲文联老人过希贤先生，我们尊称"过老"，现在子承父业的承祁兄也顺应接过了"老过"之俗称，也是自然而然的事。

记得几年前我第一次到老过家喝酒，写过一篇短文《初到奇人老过家》，可以加深对老过的印象：

寒冬的雨有些肆意，不管不顾。午后，无以排解心头的冷，只好煮上一壶热茶，翻几页民国时期文人的旧作来打消一段无聊的时光。

此刻，阿彪打来电话，说有空赶紧过来，到老过家，晚上一起喝酒。酒的吸引有时高于美人，特别是冬夜有三四好友一聚，就一个火锅下酒就足以暖和了一个冬季的寒流。

老过的家，我还是第一次光临，真是文艺家的范儿，家里有些凌乱，却是别具一格。客厅不像客厅，硕大的仿古榉木书桌占据了客厅的一半，加了靠墙的三个书柜，留下的空间只能给人一点来回走动的回旋余地。桌上纸墨笔砚书一应俱全，墙角数枝箫插在竹笔筒里，这些都是老过的杰作，翘出的姿态会让人联系起"箫鼓追随春社近"的雅意，这怎么会是家的摆设？连餐厅也被移为他用，被古琴，画架，调色板错落著，连墙上都挂著古琴，房间里更是散落著老过以前画好的油画。与此而居确实文艺，可这也得妻女的容忍，否则早将老过扫地出门了。

这样的场景让我疑窦重重，这样怎么居家过日子啊？原来楼下就是老过父母亲的家，当我被带到楼下才恍然大悟，和父母亲相邻而居，既可以说照顾二老，又不用在自己的房间里开伙，真是一举两得。

老过喜欢古物，所以在博古架上看到老油灯、锡壶、明青花碗、粉盒也就不奇怪了。他还从柜子里拿出多方砚台让我品鉴，那方元白化瓷砚倒真的让我惊艳，应该是老东西，器型包浆釉色就透著一股雅意，我有点羡慕不已了，我斜眼看出了老过的一丝得意，他说是用他的异形竹雕和朋友换得的。

第一次到老过家的好奇，也让老过兴致勃勃地引领我参观他的藏品和制器，楼下的柴间也成了他的工作室，虽然只有几平米的空间，却成了他制作萧的场地，里面堆满了制作萧的竹竿，地上的烙铁、钻孔锤和桌上的刀削都成了他飞舞才艺的工具，更让我没想到的居然还有一套蒸馏玻璃器皿是他以前用来提炼香水的设备，我有些目瞪口呆了，老过怎么样样精通啊？

我没当面赞叹老过的多才多艺，他的一脸坏笑我也不能再增添他的得意资本，还是正本清源地等着他给我们烧火锅吃好，一锅燉乱，却是飘香四溢，几杯酒下肚，这个冬夜已不太寒冷。

三、题画诗与水彩画

我们文友间总是会开老过的玩笑，说他是一个被文学耽误的画家，其真实情况是，文学他也没耽误，画画也没耽误，只是孰轻孰重任由他性子来。人的精力到底有多生猛，老过的经历给我们提供了一个鲜活的样本。

我曾仔细观察过他的日常，除了吃饭睡觉外，上班在文联，干的也是和文艺搭界的事，征稿编稿，开会采风，东奔西走，寻亲访友。工作与业余穿插，生活与专业混搭，分不清明显的界限。他涉足琴棋书画，影视摄影，可谓是拳打文坛，脚踢画苑，现在已染指多媒体，其势不可当。

最近两年，老过又重拾画笔，对老过而言这是一件轻而易举的事情，只要一个契机。他上大学读艺术系学的就是油画专业，只是后来文学创作的成绩盖过了他的本行，让他的绘画才能无法尽情地发挥，多少显得有点顾此失彼，但当他把专注的目光重新投向绘画时，对艺术的灵感瞬间如山涧的泉水一样，又源源不断地涌现出来，效果是惊人的。观察他新近创作的一系列水彩画小品，我由衷地佩服他的绘画功底和非凡的创造力。

自己身边熟悉的生活场景，建德山川水域的自然风貌，外地友人传递的异域风情……无不成为老过画笔下的创作题材。

对美术我是外行，但艺术有相通之处，我品画优秀作品的标准无非是赏心悦目，触动灵魂，我读过老过的一幅水彩画：画面色彩渐变式的呈现如同岁月流逝的痕迹，叠加起来就是历史的过往。过往的陈旧和崭新的现在，用心去感受，不用去比较，欣赏这样的画作是能触动我们的心灵的，观照现实，记录过去与当下的艺术形式，我们能感同身受，因为我们也是时间的过来人，也是某段历史的亲历者和见证人。恰当的配乐更有一种代入感，让人欣赏画作之后，久久地沉迷其中……

老过创作的水彩题材丰富，作品丰赡，画风日臻成熟，好评如潮，迎来了国内众多诗友的题画诗，一时成为艺术盛景，我也凑过热闹，不过涂鸦而已：

观水彩画《莲花溪》有感

一条溪的喧哗

其实是沉静的

她不会为你所动

奔腾是她内在的冲动与力量

一幅画的宁静

其实是涌动的

你会被她凝固的画面所感动

生命的动感，溪流的激越

蕴藏在内心的对远方的渴望

动与静

都在一体

瞬间达到巅峰

莲花溪

你奔流着我的奔流

清澈，碧绿，狂野……

你动感的身躯敲击了

岩石的心房，他为你轰轰作响

你翻滚的热情溅起了

浪花的亲吻，她为你朵朵绵长

我更羡慕你自由而高洁的胸怀

莲花吐烟，凡尘也有仙境

正本清源，人间也是净土

四、我与老过

　　我和承祁兄同龄，从出生的月份看，我还比他大几个月，可他早慧，在新中上高中时却比我高一届，是我的学长，当年就对承祁的大名略有耳闻，只是没有交集。高中毕业后，他考上了浙师大的艺术系，学的是油画专业，大学毕业后回家乡到大同中学任美术老师。

　　自从我加入建德作协，那时老过已经调到文联工作了，和他的接触越来越多，因情投意合后来引以为友。我为他写过一首诗：

菠菜

　　老过用低沉的箫音

　　试图化解菠菜里的基因密码，有

　　道人说道僧人说禅的弦外之音

　　我听得是一脸菠菜

　　脑子里只记得菠菜只是一种食材

　　和豆腐滚在一起便有了一清二白的美誉

　　其实，这期间的暧昧也有会产生禁忌里的钙质

　　损伤你

　　不过，我也想着菠菜的美好

　　做鸡子馃时，用菠菜配料

　　能吃出荤的厚度

　　菠菜不仅是菜

　　如果菠菜成了一首乐曲

我相信比小白菜多了一点喜感

五、老过的菜单

长久没有吃到老过烧的菜了，特别是他做的面食，拉面烩面刀削面，煎包锅贴鲜水饺，一直念念不忘，所以大家对老过的请客都特别期待，我也想看看在厨艺上老过有啥新变化。

当我走进家门的那一刻，就发现这次老过请客是认真的。一张家宴的菜单放在玄关的柜台上，菜名、要准备的食材、要喝的酒一应俱全，客厅餐桌上已放好了装盘待烧的生菜，冷盘几个已摆上桌，灶头上在炖着晚宴上要下烩面的底汤，凑近一看是鸡汤加腐竹，他说要等人齐了才能动手烧热菜，这样锅气重点。

好新鲜的"锅气"，上网一查老过的"锅气"原来是镬气，点拨道：由镬所烹调的食物，并运用其猛烈的火力保留食物的味道及口味，并配合适当的烹调时间，带出精华；制成色、香、味、形俱全的菜肴。

看来厨艺出彩大有讲究，我还是研究研究老过的菜单吧：

香肠菜心

川味生猪舌

晶肉豆皮卷

铁锅炖

白菜炒卤

干菜玉米饼

鱼干炒青椒

什锦脆肠

花生米

冷盘鸡爪

三角包

梨头汤

菜名后面简要附着几笔辅料，也许不同凡响的秘密菜配就在于此。品尝过后老过亲厨的菜肴，有好几道菜以前没吃过：晶肉豆皮卷学的是北京烤鸭的做法，用的是猪身上的那块肉没听清楚，好像不是里脊肉，要嫩要爆炒，有亮晶晶的视觉效果，蘸甜面酱或是腐乳敷在豆皮上加白大蒜段一卷即可食用，吃法和北京烤鸭皮卷一样，却有新鲜感。他用的豆皮就是没切段的千张皮，如果放到铁锅炖里涮一下，加加热再卷，口感和味道更佳。

冷盘鸡爪也是风味特别，和卤鸡爪不同，煮鸡爪的时候要加少许生抽，煮熟后待冷却再加柠檬汁或柠檬片、香菜丁，备注中还有芥末，红笔划了又划，不知加入其中没有。此鸡爪下酒甚好。

川味生猪舌上桌已经炒熟，是毛血旺的翻版，重在辣味，妙在"生"字，不能炒得太老，感觉老过传承中有创新，动过小脑筋。

白菜炒卤简单中也有窍门，将卤味店里买来的猪心切片炒大白菜梗，这种卤味再加工，我们经常这样做，像卤大肠、卤小肠，买回家后用青椒、白菜、萝卜等蔬菜同炒再回锅，味道会变得中和一些。

什锦脆肠的妙处是加了芹菜丁，吃起来一脆再脆，留有余味。苏东坡在《东坡八首》的第三里专门为芹菜写了一首诗，曰："泥芹有宿根，一寸嗟独在；雪芹何时动，春鸠行可脍。"或许是怕别人不了解芹菜怎么做才好吃，他还在诗中作了一个注释："蜀八贵，芹芽脍杂鸠肉为之。"估计老过是从苏东坡的诗里找到了脆肠脍制的灵感。

晚宴的重点是铁锅炖，这不是字面意义上的东北菜，底汤要炖出高、浓、香的程度，炖好后放到汽炉上慢火加热保持温度，最后看老过拉面的表演。面团几块，是早已发酵过压扁的面团，老过拿起面团，表情凝重，像要弹一曲贝多芬的悲怆交响曲，慢慢展开手臂把面团拉长再撕成段直接下锅到铁锅炖里，加大蒜叶段和青椒段加盖煮熟。

　　打开锅盖，热气氤氲，一股美食迷离的味觉冲击袭面而来，恍惚间不知今夕是何年，我欲乘风归去，先把面捞完。大家纷纷动手，都忘了用公筷去捞面，抢到先尝味，直呼老过鲜。

　　从老过的菜单到老过的烩面，我们不得不承认老过的身上真的插了两把无形的刷子。

2023 年 3 月 26 日

深巷里的菜香

　　傍晚时分，几个酒搭子又不约而同地走进橘园巷的腰部，聚在一起坐进了"深巷"的包厢里。

　　说没约过是不可能的，这是两天前就说好的酒局，由张煜做东，只是当天没有特别提醒罢了。

　　"深巷"是我朋友陈坤龙的儿子小陈开的小酒馆，因地处橘园巷三层楼自建房的底层，估计想到了"酒香不怕巷子深"这句俗语，所以取了这个名字。第一次到这里喝酒是钱俊带我来的，没想到是坤龙兄儿子开的店，我喜欢在这样的小酒馆里喝酒，自在随意。

　　记得前几年坤龙兄自己在花园山脚开过一家酒楼，他接收"嘉庆年间"后，改名"汉食坊"主打"金刚煲"，我曾去吃过几次，对新店的菜品印象不深，可能是坤龙兄初涉餐饮，没有深谙此行的门道，至少没有做出酒店的特色。他这个"金刚煲"的菜肴品牌就有问题，你不在菜品上下功夫，把关注点放在盛菜的器皿上，是犯了饮食的大忌。结果开了不到两年，硬生生地把开得很红的"嘉庆年间"以"金刚煲"的衰败凉凉地关张了。

坤龙兄鼓励儿子开小酒馆有没有为老子打翻身仗的意味，我没当面问过他。现在就业不易，生意更是难做，开小酒馆投资少成本低是优势，只要做出自己的特色，应该不愁没生意。

第一次到"深巷"喝酒，对小小陈的厨艺用赞不绝口去夸赞可能过了一点，但有几个菜确实烧得不错，至少是唤醒了我对某种食材怎么烧出绝妙的美食记忆。比如那道爆炒野兔肉，色香味俱佳。这道菜要烧到位，有几个标准，一是不能留有野兔膻味，二是要把兔肉的肉质炒到恰到好处，硬了嚼不动，烂了没嚼劲，这个火候不太好把握，很考验厨师的水平。

还有一个鱼干煲也烧得不错，不仅辣，还辣出了味道。这个可以作为"深巷"的主打菜或是招牌菜，原因也有二：一是建德遍地都是大江小溪大湖鱼塘，水资源丰富，鱼种也自然繁多，本地人爱吃鱼和鱼干。二是制作鱼干也讲究，大鱼晒干，如螺丝青、胖头鱼、草鱼都可用盐腌过后暴晒；小鱼烘干，大多是野鱼，有胖浪丝、青条丝、小白条、黄尾巴、弯弯匹……不一而足，叫法都是建德土话，都是个头不大，巴掌长短的小野鱼。新鲜钓来的小野鱼可红烧可炖煲，吃不完又可以放锅里文火慢慢烘干。

那天吃到的鱼干煲就是坤龙自己钓来自己烘干的胖浪丝。坤龙经营渔具店多年，这才是他的看家本领，虽然现在受网购渔具的冲击很大，但过点小日子还是衣食无忧的。小鱼干煲炖得好也很有窍门，具体我也说不上，但我会品，鱼干肉质不能松散，入口辣里有厚实感，汤汁要收到位，绝无腥味，是下酒佳品。

在"深巷"有了第一次品尝的好印象，钱俊再呼唤我喝酒就不加推辞了，连续三天都在小酒馆里喝酒。这种小酒馆如果菜做出特色是很吸引人的，虽叫小酒馆可品的是菜不是酒，在成都叫苍蝇馆子，意为小而精的美食特色店，成都作家吴鸿对此专门做过研究，寻、品、写，出了一本写苍蝇馆子的书。

对昨晚的酒局我还是有所期待的，豆豆早早到店里点好了菜，我让他换点新花样，他微信里报来了菜单：羊肉锅、腌鸡腊笋煲、醉虾、红烧仔排、雪菜羊血锅仔、炸带鱼、钢盔锅巴、清炒油麦菜，看看还不错。

等人一到齐，就准备上菜，有两个意想不到值得写一写，第一波上来的醉虾被上面覆盖的一层红辣椒惊住了。我不怕辣，可这么覆盖也太夸张了，不到半杯酒的功夫，吃得已是满头大汗。这碗醉虾一点都不比桔园巷口子上以制作醉虾闻名的"一醉"差，醉虾入味除了要正宗的小河虾外，拌料是关键，这个配伍一般店家都秘不传人。鲜、辣、甜，还滑口，不知与红辣椒的覆盖有无关联，没去多想，又被豆豆哥哥自己带来的喜蛋惊到了。这种喜蛋不是婚礼上取吉利的鸡蛋，是孵化过的鸡蛋用卤味制法煮熟，有些像茶叶蛋，但里面是未出壳的鸡宝宝，看吃的人接受的程度，用一个不太恰当的比喻，你想吃怀孕几个月的鸡宝宝。那种快出壳的喜蛋又叫凤凰蛋，煮熟破壳后，通体毛茸茸的鸡宝宝好像要"脱颖而出"，一般人是不碰这种美食，但有人就好这一口，能囫囵吞枣似的一口下肚，连毛都不去，说是可以清洁肠胃。

喜蛋我有好几年没吃到过了，最初的记忆好像在老家梅城的食品公司的门口有卖过。煤饼炉上置一个大的钢筋锅，里面放满了煮熟的喜蛋，看着毛茸茸的样子就是再馋嘴的童年也不敢轻易去吃这种东西，况且大人也不让小孩吃。我记得梅城三星街上有一条孵房弄，听大人说弄堂里有个大大的孵房，想必那喜蛋就是从这里出去的？

印象最深的是上高中时，有次春游到金华双龙洞，路过街上时，看见满街做饮食的店门口都在卖喜蛋，看来金华人都好这一口，有没有买来吃一个，这我倒忘了。

那晚上要好好回顾一下对喜蛋从好奇忐忑到胸有成竹的接受经历。为了稳当起见，我选了一只"七个月"光景的喜蛋，这种火候的喜蛋一半还是蛋一半已是身，露头带腔感觉怪怪的，我是要去毛吃的。

喝了两杯荞麦烧，白酒就此打住。晚来的张大厨是小陈的师傅，也坐下来陪我们喝酒，加了一道蛋黄锅巴，不过蛋黄没了又改成了椒盐锅巴，不能不敬师傅带出了一个好徒弟，另外再加两瓶啤酒荡荡口。

晚上微醺，深巷里飘落起了小雨，突然让我想起了秦观的一首诗：

深巷茅檐日渐长，

卧看花鸟竞朝阳。

惜无好事携樽酒，

赖有邻家振烛光。

尚友颇存书万卷，

封侯正阙木千章。

错刀锦段相仍至，

小子都忘进取狂。

回了……

2023 年 1 月 13 日

小蒋也叫老蒋了

年前喝酒停不下来的节奏，一般阳过后要适可而止，可熬不过朋友的热情相邀，说到底还是好这一口，就图个老友聚会喝酒的气氛。昨晚科室年终会餐，没想到偌大的科室会喝酒想喝酒的同事居然凑不齐一桌人，现在的小年轻咋都不喝酒了？还是和老友一起喝酒爽。

连着喝酒吃不消，我心想今天该歇歇了吧，没想到多年未在一起喝酒的老狼微信联系我：晚上一起喝酒。

好，我问到哪里喝，他说就你们医院对面的老蒋餐厅，我心里又想该不会是小蒋开的店吧？定位发过来，就在雾江路上，下班后过了马路就找到了，很近。

走进老蒋餐厅，还没到饭点吧，大堂里空空荡荡没见一个顾客，到厨房一看，掌勺的果然是小蒋，他是老板又是厨师，开的是夫妻店，我认识他的时候还是刚出道的小伙子，精神头很足，每次看见我都很客气"许医师许医师"叫个不停，今天看见他头上也有白头发了。上回他还在洋富谭开店，过了有两三年了转移到了这里。见面寒暄后才知，新店开张还是三个月，我看这三年餐饮都不景气，小蒋说生意还不错，今天不知咋的，到现在还没客人光顾。

我笑小蒋，你怎么也变老了，店取了这么一个名字？其实他还四十出头，当厨师倒有二十多年了，摆摆老资格没毛病。可这店名取得太一般了，没有新意，这话我没当着小蒋面说，怕他不高兴。

进店的时候老狼还没到，我坐到门边的桌子上，桌下有一个旺着炭火的轮胎火盆，坐等老狼来点菜。

趁他没来，先说说他的坏话。

老狼的大名叫饶清华，是我结交多年的老哥们，是一个真正混江湖的人，也是一个不入流的厨师，以前我经常笑他真没给你"清华"长过脸。自从我认识他后，就不停地在换工作，90年代跟珍珍学过理发，新千年初又跟过小诸葛到乡间收古董到金华摆地摊，但古玩这一行没点天分是混不转的。以前建德的古玩圈，我就服捣鼓钱币杂项的小诸葛和经营旧书的老胡，这两个人就是靠自己的本领养活了一家人。所以老狼跟着小诸葛只配拎包，没混出啥名堂就歇手不干了。大概是2004年光景，他到"渝园"跟小蒋学厨艺去了，那时候小蒋已是酒店里的厨师长，在餐饮业里混出了点名堂，从这个经历看，小蒋是老狼的师傅，虽然比老狼小八岁，可人家有一技之长啊。

出师后，命运老是和老狼开玩笑，我就没见他在一个地方干满过两年的，在陈坤龙开的"汉食坊"当副厨，在叶柏良开在桥南的"尚可"打过荷，游击战打了好几年，我估计下手做久了肯定不爽，2008年他到牛头山的饮食半条街上自己去当老板了，开了一家小酒馆，取名"老狼土菜馆"。

那段时间，我是真心想帮帮他，土菜馆离我单位近，所以我自觉地给他带人拉客，自己也经常在他店里请客，他缺钱的时候问我借也没二话，饭钱就从账上划去，把他的土菜馆当成了自家食堂，成了他三天两头的座上宾，他也把我当灶王爷供着。其实小酒馆靠关系是做不长久的，一定要靠名气，名气打出来了不愁没生意。土菜馆边上的毛毛餐馆就是一个鲜活的例子，到今天它还在半条饮食街上好好地活着，其他酒店不知换了多少老板。

这次老狼算是熬过三个年头，最终还是以失败而告终，和牛头山说拜拜了。我给他总结了一下，老狼啊，小蒋的看家本领你没偷学到手，技不如人，甘拜下风，你服不服？他肯定不服，但也无可奈何，开口要吃饭，开门要客人，客人不上门，你吃个毛线。

老狼一阵苦笑，朋友一场说句实话没那么难。不过他烧的泥鳅煲和红烧仔排我留有印象，还有那自制的醋辣萝卜片，我都现在还想尝尝。

离开了牛头山，和老狼见面的机会就少了。我们不是一条线上的朋友，除了喝酒他也不会找我玩。后来，听说他到老家航头去开饭店了，生活也有了不少变故。航头离新安江太远，他开在航头的那家店我仅去过两三回，生意也好不到哪里去。

再后来又听说老狼把店转让了，又开始四处飘荡的生活……

老狼穿着上身白色的羽绒服，油头粉面，推着门帘走了进来，嘴巴一嘚和我招呼，说话嘚嘴是他的习惯动作，我也奇怪，这么多年没见面他也没老去，和我几年前见到的一样，还是嘚头派派的。他让我点菜，点菜的活我一般都推辞不干，点多了，我不知道他荷包里有多少钱，点好的，我又不知道他高不高兴，点少了又委屈我自己，犯不着点菜。我也不忌口，你点啥我吃啥，老朋友见面以聊天为主。老狼也实诚，给我找了一壶金刚刺酒，点了四个菜：蒜片香干、红烧仔排、雪菜冬笋肉片、鱼头滚豆腐。我们就三个人，四个菜算标配了，后来又加了一个醉花生。

俗话说过新年翻新篇，而我们聊的都是陈芝麻烂谷子的往事。

这种场合肯定要聊到叶柏良，他如今在新广场开"建德故事"，开得红红火火的，现在大家都叫他"叶总"了。说起老叶的旧闻也是我们共同的话题，老叶也是厨师出身，后来做了酒店的老板，胆子大，脑子也活络，菜也烧得不错。当年他在桥南开"喜乐"店，生意一直不错，后来这个店名被开在新广场边上的"喜乐"抢注了，人家是大酒店，实力强资金足办法多，又是依法依规行事，老叶想骂娘也没办法，只能眼睁睁地看人家用他自己取的店名。不过他也没闲着，脑子一动，"喜乐"不让挂我就叫"乐喜"吧，汉字本来就可以左右通读的，人家也拿他没办法。读的，人家也拿他没办法。

他的店名叫"尚可"，字面意思"一般般，勉强可以"，这不是老叶在故作谦虚，谦虚也不是他的风格。其实"尚可"暗藏深意，他女儿叫可儿，"尚"是时尚，而且用大同话来读这个"尚可"就成了"上好个"，意思却变成了"顶顶好"了，吹牛有境界就是不一样，而且他开的这家店在桥南也算鼎鼎有名，开了好多年，一直都是顾客满盈。我也经常光顾"尚可"，曾在这里请过一些重要的客人。前年吧，老叶把"尚可"关张了，把生意做大做到了新广场的边上，可惜了"尚可"。饮食业有些说不清道不明的门道，同样一家酒店，老板换了店名换了，哪怕你请同样的厨师掌勺，生意会大不如以前。

了解这层意思后，我对老叶刮目相看。新店开张前，老叶请我给他的新店取名字，我说老叶啊，你名字取得这么好，还用得着我帮忙啊。他笑笑地说他没文化，取好了我请你喝酒。这回他是真谦虚了。我绞尽脑汁又请来苏州的文斌兄一起给他出主意，给他画出了一溜串的好名，文的雅的俗的，雅俗共赏的，结果他一个也看不上，最后取名："尚可·建德故事"，看来他还是舍不得"尚可"，虽然现在大家都叫新店为"建德故事"，但"尚可"多少还留下了一丝痕迹。后来去新店捧场，我证实了新店名出自老叶的主意，可见他的自信，他答应的那餐饭也就免了。主意，可见他的自信，他答应的那餐饭也就免了。

聊得这么起劲，都没注意纷至沓来的食客，店堂里也热闹了几分。等小蒋忙好厨事，坐下来陪我们喝酒时，我已经是两杯金刚刺下肚。他们在说醉花生没醉进去，我说我快醉了……

2023 年 1 月 15 日

"舟渔" 唱晚

同学里有几个成功人士真好，常享受他们的呼朋唤友，在一起心安理得地接受他们的邀请，老姜太忙，伟平的周到细致刚好恰到好处。什么情人节，什么七夕节，以同学的名义聚会，抱团取暖，每次都喝得昏天黑地。江山易改本性难移，老李打破天也是不会喝酒的，往往成了专职司机，负责送我们回家。

双江街如同没落的贵族，还在延续昔日的梦想，饮食一条街只有几家货真价实的酒店硬撑着，"舟渔蒸海鲜"以仙江的姿态向海洋致敬，真真正正地把海鲜蒸透奉献一席佳宴，在新安江不大的饮食江湖上占了一席之地。

新中八六届只有六个班，后来又衍生出七八九班是什么梗？朋友的朋友是朋友，同学的同学是同学，这么一说你就明白了吧。情人的情人是敌人是玩笑，冬泳健将老杨是我们四班的班长，他透露的消息却是真的。和七班的资深美女娟是同事，当年的婚期恰逢一起，分喜糖委托娟代发，无端生出双份，让刚合资的公司老外同事听不明白"这是我们的喜糖"误以为他们是一对，从此君王不早朝，便宜常占用。

感谢伟平兄今晚的饭局，今晚被人约的满足感真的不同凡响，有意为之是出于对同学的真爱，邀约的一比二的男女搭配，让老美女沉浸在被包裹的比例之中不能自拔，二比二的酒量分配又是相对公平的体现，能喝多劳义不容辞。

海鲜不是建德的饮食特色，一个"蒸"字又无限体谅了对喜食海鲜的关怀，这是一种折中的平衡。建德山区的饮食口味往往不能适应海鲜的生猛，以蒸的做派可以弥补生鲜的不良反应。除了生鱼片，其他的都俗不可耐。

雪山飞狐上的片片枫叶情，物以稀为贵包裹的是金砖鹅肝以巧克力的甜味呈现。

一地白雪虾起哄，

油星点点鲍笑傲。

生煎垫肚酱醋调，

鳗干交错蟹蒸宝。

最后，舟渔没唱晚，麻将到夜半，作为陪客，我做到善始善终。

2023 年 2 月 15 日

严陵书局不是一家实体书店，是由马先生创建的建德书友群，是蹭书蹭饭的好群。马先生不姓马，姓方，因为他特别推崇马一浮先生，所以大家都顺意叫了马先生。

玉华书屋也不是一家真正意义上的书店，有门面在金色蓝庭对面，是书法习地。女主人李彩凤的老家在建德李村，因背靠玉华山才取其店名。男主人姓唐，沈公给他们曾经的店铺取名"大唐经李"，后来因为注册不了，就不了了之。书屋由大唐经营，他厨艺不错，会弄创新菜，每次来此小聚都会有小惊喜。

晚上静静因为一个陀螺钢珠问题的请教演变成一次饭局，请严陵书局的书友吃饭，玉华书屋成了首选。

既然叫书屋，在大堂的一面墙壁安上一排书架，摆上书才像样。吃饭的包间在二楼，过道墙上挂着一副对联：玉琢乃成器，德熏应聚华。把"玉华"二字巧妙地嵌入其中，不知谁拟的？

在书屋里吃饭喝酒别有风味，菜也不用点，由大唐自个去配菜操办。麻将伺候是饭前饭后的必修课，我在楼下就听到包间里的麻将声。江上已经被马先生、沈公和汪老三位麻将高手磨炼成材，从此没有了三缺一的窘境，现在后起之秀周星星也被带上了麻船，风头正旺的杠飘连和了两把，被我瞧见了。

等来了蒋校，菜也上得差不多了：土鸡煲、羊肉火锅、炖鱼块、焗大虾、麻辣鸭掌、石磨豆腐煲、清炒百合、凉拌酸白菜、芝麻牛肉片、桑叶芝麻酥、花样菊花菜、五谷杂粮，饭局开席了。

如此好菜，倒上马先生带来的散装土烧，因有年份酒色已泛黄。只有我和沈公饮酒，今天汪老家中有事，少了一位酒搭子，这瓶酒（两斤装）怕是不能见底了。

年份酒就是好喝，醇香浓厚，有桑叶芝麻酥和辣味牛肉片下酒，正中下怀。桑叶芝麻酥是新菜，甜而脆，看来这桌菜大唐花了心思。为了感谢大厨的辛劳，马先生连呼大唐上桌陪我们喝酒，把土烧满上。大唐入座，静静也倒了半杯酒，一瓶土烧轻松搞定。大唐又奉上了家乡土曲，李彩凤美其名"玉华大曲酒"。

李村村位于建德的南部、大慈岩镇东面，下辖李村、岳家、白山后三个自然村，与兰溪市相邻，与有"明清古建筑露天博物馆"之称的新叶村及"江南悬空寺"的大慈岩接壤。李村风景秀丽，历史悠久，有"千年古村"的美誉，背倚玉华山、西北邻"江南悬空寺"大慈岩景区，整个村被玉华山脉和大慈岩山脉环抱着，山上郁郁葱葱、层峦叠翠、村外小溪潺潺、景色宜人。李村一大特色是保存较完整的古代血缘聚落建筑群，现存有明清古民居建筑一百多幢，此外还有白山殿、小武当庙及包括一本堂在内的十多座公共建筑。李村和周边的上吴方村、新叶村、里叶村等构成建德南部以乡土建筑为特色的古村落群，很值得一游。外地朋友来建德，我都会带他们到那一带去走一走看一看。

那一带的古村落都保留了家家酿造土曲酒的习俗。土曲酒虽然没有红曲酒那样鲜艳的酒色，但它更易于存放，我曾喝过保存三年的土曲酒，不仅没酸化，酒味更醇厚。

　　土烧喝完了，再加点土曲酒有锦上添花的意味，不知来自李村的土曲酒能否做到为我们保存三年的记录。

2023 年 2 月 16 日

巧山夜宴

　　早春二月，江南湿冷，又下了点细雨，雨中冷风瑟瑟，此上巧山再次接受考验。

　　几天前，几个同学又聚舟渔蒸海鲜馆，我下班迟到，赶过去已是下半场，酒喝得半生不熟，匆匆而过。他们几个凑好搭子又去麻将了，我还是赶紧回家好。临别时，约定周五我休息到巧山灯语堂聚聚。

　　最怕临时变卦，周五又逢阴雨天，我怕同学纷纷借故推辞，还好凑合一桌人，大家先后上山。

　　一早上菜场，买好够做一桌菜的食材，想赶在九半点之前到巧山。心里已开好了菜单：生炒鸡，炖小黄鱼，卤鸡爪，咸肉春笋煲，大蒜炒腌肉，蒸肉圆，红烧鳊鱼，肉丁炒青豆，炒三丝，花生米，卤牛肉，咸肉炒青菜。彪彪上班帮不上忙，只能由我自己亲自下厨。

　　上巧山的这一路，春节过后前往千岛湖的高速要在蛇坑至洪秋塘的一段村道上征收改建成一个检测站，建成后和原高速闭环运行，工程量不小，所以这一路上都是大型工程车，挖掘机和吊车，可见内循环总有它生存的法则，上基建上项目。

　　车小心驶过这一生机勃勃的施工路段，才是真正可以放松的盘山路，山路却是云雾缭绕，也不敢马虎。

等车开到不问山庄，老李的车已先我一步到达，载着徐伟平、汪忠平、陈丽萍和老六，他们约好想早点上山打麻将，一下车就被巧山的"冷"征服了，这几天倒春寒的冷飕飕只有在巧山才能真正体验到。他们赶紧找火炉生火取暖，我得先准备午饭的菜。

山庄长廊的木柱上又拴了一条狗，黄色的毛发齐整，看见我们又吼又跳，奈何脖子上紧箍的颈圈铁链，极欲奔跑的性子只能在木柱周围转圈，看边上空空如也的食盆，估计是饿极了，把从家里带来的一刀咸肉割了一片投食，它才安静下来。

我顾不了同学，让他们自己到周边去转转，吹吹山风降降温，回来好烤火。备的是晚饭的菜，中午只能将就地吃点。准备了咸肉炖萝卜，这次听从阿彪的教导，先把剁好的骨头和肥瘦相间的咸肉块放到高压锅在煤气灶上先压一会儿，冒气七八分钟后再和萝卜块放在砂锅里慢炖，让萝卜充分吸取咸肉汤的精华，一个小时的慢炖，又整锅倒入电热火锅中保持温度，另外再烧两个菜再加一盘酱牛肉，中午一餐可以对付了。

没有点娱乐项目，这样阴冷的天，一般人在巧山是很难待久的。吃过午饭，麻将战斗马上开始，我要准备晚饭，居然还有空闲时间观战，也是自己偷了个懒，把菜单上的蒸肉圆划去了，这样就省出了一点时间。

煤气灶该换了，用了不到半年时间，总感觉此灶火力不够，有点上气不接下气，很难掌握火候，直接影响菜品，只有蒸、煮、炖影响不大。要爆炒的菜，拖沓时间会影响菜的色泽和口味，真是应了那句"工欲善其事，必先利其器"的孔论。

上战场要喝点威风酒，结果没喝酒的陈丽萍独领风骚下半场，老李三点有事早退后，她接老李的班，把最后的胜利果实牢牢地把握在手上，晚宴上灿烂的笑容自然而然地洋溢在已经不怕冷的脸上。可惜的是，发根开上山的车要由陈丽萍代驾，没有让她开怀喝上一杯胜利的庆功酒。

原新中八六届四班的同学当中，豪饮者众多，而如今能入席排位的已经滑落到屈指可数，女同学大多退休了，男同学也都奔忙在退休的路上，年龄因素、身体状况和健康理念都发生了许多变化，当初的豪饮壮喝者如今也只能以叙叙旧为借口浅尝辄止，和酒温情以待，抚今追昔不胜感慨，再过三年下次同学会就是四十年的峡口了。

李明喝了两杯，开始摇头不喝了，我一开始就甘拜下风，唯独发根姜还是老的辣，大我们一岁，喝酒依然雄风不减当年。大家也不想让他喝多，高兴而归就行了。

夜色已深，一车人匆匆下山，半个小时后，发根还知道打来电话，报告安全到家，这酒喝得真到位。李明答应在巧山陪我，看他昏昏欲睡，我继续给他打气："我把老洪叫来，把剩下放火炉上一炖，再喝点就当夜宵。"巧山的夜，茫茫然，破壁的寒意让喝酒又有了理由，四个人围炉煮酒论英雄，可李明只倒了半杯就喝不下了，我也不想以炖热的红曲酒取暖，早点回房歇息吧。

2023 年 2 月 25 日

金厨娘

临下班，老钱打来电话："晚上弄点不？"像接头暗号，"弄点"就是喝点小酒。弄点就弄点，每天都无酒不欢，他报来了喝酒的地方"金厨娘"。

"金厨娘"小酒馆的位置在供电大楼的对面，像是老钱和豆豆的固定食堂，他们经常在这里喝酒，我被他们叫去在此吃过几餐，第一次就留下不错的印象，厨房清爽，做菜精细，把家常菜做出自己的味道，每天备菜不多，够几桌的菜量烧完即止。看来敢叫"金厨娘"没点拿手好菜，怎么说得过去。后来得知厨娘是梅城人，还是我高中同学的老婆。

麻雀虽小五脏俱全，小酒馆前堂后厨，夹缝中有一个卫生间，前堂只能放下一大二小的饭桌，人坐满了过堂都要侧身移步，去迟了也订不到座位。

等我赶到小酒馆，老钱已在厨房里吩咐厨娘备菜了。有刚上市的蕨菜，问厨娘多少一斤。"15元一斤，贵得很。"看她要把香干丝加入同炒，我建议改用咸肉更好。

问老钱晚上一起喝酒的有几人？他说三个，还有豆豆。豆豆是危化品车的押运员，刚从苏北回来，现在在家洗澡，一会儿就过来。旁边一桌坐满了八个人，看别人热闹老钱有点熬不住了，让我再叫人来陪喝酒，呼唤师妹唱宝宝，没想到她飞到成都去了，凑巧的是也在成都的大街小巷找苍蝇馆子喝酒，还发来了中午的光盘照，这娘儿们不会是打飞的专门去成都找苍蝇馆子觅食的吧？

上菜了，豆豆穿着短袖急匆匆地赶到，一进门就秀肌肉，还春寒料峭的三月初啊，这家伙发什么神经？我看着都发抖，赶紧让他把落在店里的棉衣穿上。

刚端上的一盘红烧小黄鱼，看着就有食欲，"齐头并进，红绿铺面"，夹一块鱼肉先尝尝鲜，正味，肉质饱满，再咪上一口酒。

一盘小黄鱼结果被我一个人吃了三条，没好意思再吃了。

看来蕨菜的涩味很难清除，虽然焯过水，还是有点丝麻的涩口，特别加料：葱、蒜、辣椒和咸肉丁，味重了才耗去涩口之顽。

陆厨娘送来一小碗的腌辣椒，是她自己腌制的，入口爽脆，奇怪辣椒的个头，不像菜市场见到的，听说是专门找来的，个头胖嘟嘟肉头也厚，这种独门小菜有时就是让人心心念念的心头好，为了吃一口成了回头客。

什锦砂锅选用大白菜、腐竹、腊笋、平菇、油豆腐炖煮，再加上豆豆从湖州带来的卤味护心肉，把辣的主角冲淡了许多。腐竹湖口，最好改用千张丝，其他没毛病。

奇人老钱是老来子，他母亲四十七岁生他，他大哥大他二十八岁，所以一出生就当了叔叔。从小做大成习惯，喝酒也霸气，一贯的不依不饶，以前怕和他一起喝酒，他经历过一次生死考验"血"的教训后，现在喝酒文气多了。

晚上三个人喝酒都很谦虚，一人两杯刚刚好，一个摇曳的夜晚不请自来……

2023 年 3 月 5 日

坚硬的："老溪头："
和德哥的高潮

先是老费六日招饮于金山湾的"老溪头"，宴请来自沪上的赖总，叫了德哥、一灯、阿彪夫妇和两个师妹作陪，也有兼顾送别阿细的意思。

好几年前，政府着力想在金山湾一带打造饮食一条街，此地倒是适合歌舞升平酒饮饭食。不是城市主干道，一边临医院和市疾控中心，坡形路面的顶端背靠凤凰山公园，是附近居民休闲健身的地方，一边是一排溪头拆迁后新建的农民安置楼房和排屋，区位优势明显，借着造势，那几年内，排屋纷纷出租装修成风格各异的饭店酒家，真正热闹了一段时光，特别是一到晚上，一排的霓虹灯闪烁，路边停满了小车，公园里传来广场舞的喧腾声，一派繁荣景象。

记得那几年我曾随朋友从坡底的第一家吃到坡顶的最末家，又从最末家吃回第一家，循环往复一一点评，看哪家的菜最好吃。曾经风云的"小武饭店"现在也成了传说，现今在金山湾这条街上还正常经营的除了"老溪头"外，只剩下"鲜得来"、"豪城"宾馆和"小文"饭店几家了。金山湾饮食从曾经的辉煌到如今的没落，原因很多，综其一条就是运营成本太高，房租是压垮饮食业最致命的因素，十几万一年的房租加上装修、添置硬性厨房设备及人工水电，平摊一年的成本费用真不是一个小数目，如果在某一环节稍有疏忽，一年就算给房东家打工——白干了，更惨的是血本无归。

还能在金山湾撑住门面并生意红火的"老溪头"是否有什么独门秘籍，我还没探到，但吃的次数多了，也能说上一二。餐饮的成与败门道很多，价廉物美有口碑，特色当家菜不可少，自己花钱请客在店里消费值不值当，时间一长便心知肚明。

那天老费的饭局有点小高潮，火力点全是德哥引起的。建德人的饭局没有好客山东那么讲究，看重的是点菜，酒桌上的位次也比较随意，除了请客的人和有明确宴请对象的主宾外，没有主陪副陪之分。如果大家都是被请一员，则更没有主次之分。那晚的席上德哥年纪最大风采最旺，喝酒他说了算，结果酒量尚大的他喝酒的节奏明显被他带了起来，迷糊中记得德哥是被在座美女频频点赞一个临退大哥的"薛嫩"，是心生感动与得意的回敬，似玉树临风那豪气一下子就上来了。"听人劝，吃饱饭"而不听劝，喝酒快，我们的提醒也不起作用，杨梅酒半杯半杯地干，我和阿彪也不能落下，一不小心就被带到了沟里。一壶八斤装的杨梅酒基本上见了底，赖总带来的洋干红也干了好几瓶。阿细滴酒不沾，都说快被我们的酒气醺醉了。我看大家都高兴了，散席前德哥郑重其事地宣布："明天晚上继续，原班人马，老地方老溪头，还是这个包厢。"散席后，在座的女同胞每人得到赖总赠送的干红一瓶，作为"三八"节的礼物，想得真周到。

就当酒后失言，都没把德哥的邀请当回事，可连续作战的优良作风体现在德哥身上没有丝毫的贬义。第二天真的又早早地和德哥、老费在牛头山脚不期而遇。从这坡走到那坡就是凤凰山公园，一路上德哥和我倒苦水，说胃里还在泛酸，加上抽烟的刺激，时有恶心感，怕晚上喝不了多少酒。我也感同身受，那就少喝点吧。

到了"老溪头"，德哥和老费点菜，上楼坐等阿彪阿细从大洋而归。

晚上不仅原班人马，还要加座，又是济济一堂，关键是大卫也来了，人称江湖饭局"第一劝"的大卫软磨硬泡的劝酒功夫名不虚传，加上荤素搭配的段子，气氛一下子有了浪潮。刚刚许下的诺言，立马成了过眼云烟，德哥完全恢复昨晚的状态，"要想情谊久，要喝还魂酒"，酒如甜水又一杯杯地喝下。晚上的菜也点得到位，自然可以助兴，劝酒又采取了众星拱月法，把德哥的潜能又一次发挥，我现在有点理解"德哥"的这个外号是以德服人的外延吗？

2023 年 3 月 9 日

严州府的品膳

从巧山的不问到

前几天约好几个朋友周日一起到巧山灯语堂聚聚，谁也没有想到临到周日又是降温又是风来又是雨，到了巧山风还特别大，把不问山庄的三面红旗吹得呼呼作响，这种天气坐在长廊里喝酒，必有喝西北风的惨相，干脆把圆桌抬到老洪家的客厅里，可以安享美味与酒香。

阿彪上班来不了，还好有老费在。我认识的同学朋友中不乏厨艺精良之辈，老费也是一把餐饮好手，他业余有时也会去农村充当流水席的大厨，只要有帮手烧个二三十桌的酒席不在话下，上了巧山有他在吃是不用愁的。

一早我上菜场买好了食材，接上老费、德哥和钱俊，路上经过蛇坑至洪秋塘的施工现场耽搁了一点时间，赶到巧山已近十点，得抓紧做菜，大家齐头并进，洗菜的洗菜，烧火的烧火，做菜的做菜，把几个能用的灶头都用了起来，三个煤气灶头、移动土灶、电磁炉炖的炖，煮的煮，蒸的蒸，炒的炒，一边做菜热火朝天，一边麻将紧条密财，不到两个小时一菜齐备了：咸肉炖笋、盐卤豆腐煲、红烧肉、咸肉炒蕨菜、香肠蒸鸡蛋、青椒炒大肠、蒜苗炒咸肉、青椒炒臭豆腐、红烧摘头龙虾、炒青菜心、炒土豆，加上何英自制的卤味鸭头和鸡爪，菜品已经很丰盛了，最后二爷从麻将桌上起身，他要亲自为大家奉献一道家乡菜——铁岭乱炖，由土灶而生。

十人围坐成席，大家纷纷点赞，以红枣酒庆贺。此番境况，让我想起老洪取的"不问"山庄名真是与之有点契合：不问雨晴，不问输赢，不问咸淡，应合了天时地利人和，开心就好。

酒自然是喝高兴了，一直喝到下午二三点钟，等我们下山后却接到无数个电话，都在追问魏绪猛和钱俊，他们同时玩失踪，已失联好几个小时了，已经超越了英雄"不问"出处的边际，最后啥事也没有，乖乖地回家了。

今天中午，根红兄开车把我送上巧山，去把昨天留在山庄的车开回来，晚饭已经被马先生约走，晚上"严州府"用膳。

托马先生的福，他面儿大，"严州府"每有新品菜肴推出，老总王拥军会以新菜品鉴的名义不定时地邀请马先生叫上严陵书局的几个书友一起去府上打牙祭。

"严州府"是建德饮食业的王牌，王总的厉害和高明之处就在于把别人弃之不用的千年古府"严州"，为我所用，独创建德餐饮"严州府"品牌，经过二十多年的深耕已经成为浙江餐饮名店，自己也成了非遗传承人。严州府的招牌菜有九姓鱼头王，分水棍子鱼，糖麻糍，国太豆腐……这些成为外地顾客必点之菜已经吸引不了我们了，看看晚上有啥新花样。

有王总陪席，自然是我们的荣幸，但对厨房的师傅和包厢里的服务员却是一次考验，每道菜上桌品尝之后先问问我们的意见，再以专业的眼光和挑剔的姿态作出自己的评价，再把综合意见由服务员反馈到厨师长，什么要改进，什么要注意，什么可以剔除。王总说他在外面吃饭都是看别人的好，在自己的店里吃饭总是挑他们的刺。

我觉得像这样兼有请客、品尝、指正多种意味的饭局挺有意思的，我们还充当了一回评委，尝了新鲜又卖乖，酒足饭饱后虚荣心也得到了满足。

晚上的宴请席上我没好意思认真拍照，吃饭先晒图其实不是个好习惯，但在江上月和周星星的怂恿下，我决定可以写点自己的见闻，也算没白吃这顿饭。

一盘青椒炒鲍鱼，用料讲究。鲍鱼的个头匀称去壳留肉，青椒选用樟树港辣椒。这种青椒是湖南省岳阳市湘阴县樟树镇的特产，是中国农产品地理标志。辣椒呈羊角形，青果浅绿色，果肉厚，果柄短，外表有纵棱和皱褶，经煸炒皱纹更明显，与鲍鱼的饱满形成反差，但外形和色泽却又有互补。这道菜的学名还没有推出，我看叫"鲍桓齐芳"不知可否？

香椿刚上市，这种嫩芽上的芳香经鸡蛋同炒会更加馥郁。香椿炒鸡蛋算不上新品，但做成蛋卷却是第一次吃到，和平时吃到的散状样还真有不一样的感觉，外形的变化会给舌尖上带来不同的体验。王总却说，蛋卷太厚，要改进，真是这么回事。

上来的几味海鲜，给我的印象不太深刻。"严州府"专注于地方传统饮食的传承和创新，但海鲜这一块真不是他们的强项，能否兼顾，可以商榷。

主食上的是清明团子和饺子，还有油拌面，把我都吃撑了。

从巧山到严州府路途不远，两天内却吃到风格迥异的佳肴，俗与雅，土与精，不是相生相克，而是能各显芳华。

2023 年 3 月 13 日

又到"金厨娘"

又到"金厨娘"蹭饭，老钱早我一步到店，已点好了菜，一问还有张煜要来，看来是叫张煜买单了。"豆豆呢？"他跟车去了江西，喝酒少了一个伴。

一顿没有悬念的小酒饮，想喝多少就多少。上菜了：油炸椒盐豆腐鱼，尝了一口，外焦里嫩，下酒略偏咸。这道菜用面粉浆糊鱼面再入油锅炸，炸至金黄装盘撒胡椒粉，色味两佳。红烧田鸡倒是真正入味了，细嫩的腿儿有四两拨千斤之妙，这种活跃于田间地头的活物，无论野生还是家养，天性的频繁运动，肉是紧的，味也是鲜的，不像大棚蔬菜就是没有野菜香。

清明前的蕨菜是许多人的心头好，这种野生疯长的植物对季节更替特别敏感，不抓住时机一下子就长得老高，杆梗粗壮后就食不得了，我们梅城人称其为"狼鸡头"，是否有野蛮生长和鸡味食佳的合并赞誉呢？但前些年网络上有传闻，说蕨菜内生成分中有致癌物，劝大家莫吃，这怎么难得倒饕餮之徒对好食之物的固有之恋，香烟还真有致癌物，你能让嗜烟者轻易戒烟乎？为尝一口鲜，犯不着忌讳这点小小的芥蒂，又不是长年累月常食的口粮菜。沸水加少许盐焯之，切段后入锅爆炒，加几片火腿肉或是腌肉，再加佐料，喜欢味重还可以加点淳安方腊酱焖上一会儿，装盘就是春暖花开时的开胃菜。

什锦砂锅基本上烧不出什么新意，保持原味即可。

认识老钱有三十余年，就知道这公子哥来这世上就是来享福的，能吃会喝，曾经的海量让我瞠目结舌，白酒喝高兴后还可以干掉一箱那种老式的二十四瓶装再送一瓶王者的啤酒，只要满足他两个条件：要用锅巴下酒，方便不受限，所以江湖上人称"啤不倒"，也是年轻时的傻帽劲，不值得效仿。他现在也明白了，小酒怡情，拼酒伤身还会要命。

酒按老钱喝的频率，他家一年也开不了几次伙，从没有听说他还会烧菜。张煜说他到过老钱家吃过他烧的菜，非常不错。真是闻所未闻的怪事，我猛然想起自己也曾去过他还住在新建村的家，吃过一顿他安排的家宴，至于那一桌菜是不是他烧的，早就忘了。

陆厨娘忙完厨事毫不客气地坐到老钱身边的空位上，老钱给她倒了半杯白酒，算是犒劳她的辛劳，一个人支撑一家店实属不易。金厨娘不姓"金"，其实她有个响当当的名字"陆宏伟"，就像这个名字一样，在言谈举止中自然露出一股女侠似的豪气，并非那种大大咧咧男人婆的粗鄙，否则也烧不出这么精细的美味佳肴。

喜欢喝酒并不仅仅为了过过酒瘾，而是几分醉意时的话来投机，平时不会轻易透露的往事会自然倾诉，半杯白酒下肚，金厨娘说起了她北漂时的往事，听得我一愣一愣的，精彩程度不会比她烧的菜逊色，我只记了个大概，和她约好下次好好的再聊上一回，争取为她写一篇《金厨娘的北漂往事》。

2023 年 3 月 18 日

不问饭局

昨晚在新开张的金山壹号请客，不用自己做菜，轻松倒是轻松了，可花钱不少。这对会做菜的一帮厨男而言多少有点不甘，今天约了几个朋友准备上巧山聚一聚，照样可以吃得开开心心。

今天是个好日子，是有仙姑提前掐指算过的，是雨后晴天，到巧山去挖山笋，小事一桩。关键是这样的天气，运气好还能找到松树菇，这种山珍在这个时候少而难觅，只有熟悉高岭环境的阿彪才有把握碰碰运气。

一早到桥南菜场买菜，都是平常烧家常菜的食材，买了两大袋：五花肉、胖头鱼、墨鱼仔、鸡爪，蔬菜有新上市的菜瓜，还有本地土豆、莴苣、青菜、茭白、韭菜、辣椒……还买了香干、臭干和嫩豆腐，菜钱不过两百，看看中午能烧出一桌咋样的饭局。

买好菜，带上小登去接老费、德哥、阿彪，车到大宅门公寓九、十号的楼下，坐等阿彪。老钱的家就在阿彪住的十号楼前面一栋，在楼下呼叫老钱，成心想刺激他一下。老钱昨晚喝多了，今天上班，巧山去不了，果然在家，应答有气无力，都能感觉到他的睡眠惺忪，欲罢不能。

接上阿彪，我们先出发了。

车到巧山，不问山庄安静得很，老洪不在家，放出小登，它去找卷毛和小花去玩耍了。这两只被铁链拴着的可怜狗，见我们狂吠不止，看来是饿坏了，此时喂其狗食才能安静下来。

四个老男一下车就分头行动起来，老费掌勺，要准备食材，我负责清洗，阿彪带着德哥钻林子里去挖笋采摘松菇。

前几天刚运上去的不锈钢厨房操作台是老费赠送的，今天算是派上用场了，两米见长的台子经过清洗，光洁如新，台子大便于施展。如今不用担心水源枯竭，源源不断的山泉水从山上潺潺入池，洗涤用具，洗菜，方便又干净，水池满溢，心情也饱满起来。

一桌菜对厨男而言真不在话下，老费有条不紊地张罗着，切、煮、炖，招招见功夫，他一看我买的食材，心里就有中午饭局的菜谱，该怎么配菜他心里有数。大腹便便的身影一站灶头边，稳稳当当的形象，就差老过那一套米其林厨师套装了。

一个小时见分晓，果然没有失望，德哥拎着一篮子的山笋从林中出来，有粗有细。粗的去壳现烧，有咸肉佐之，定是新鲜可口的一样菜。彪彪也没落空，采了一小篮松菇，有大有小，朵朵鲜艳夺目，阿彪叫这样的松菇为"乌纵菌菇"，鲜味比秋天可采摘的红松菇更入味，但比较少，寻觅有地方有规律，具体问他，阿彪故作高深，秘而不宣。这是他的独门绝技，就连天天在外面风野的大师兄根红对他也是啧啧称奇，不得不服。

春末夏初，山上有取之不尽的野菜野果，可惜得很，山庄里白枇杷树的花蕾去年冬季被严寒冻坏了，到现在也不见一颗枇杷果子露出枝头，还好有红彤彤的喵喵做补偿，也算没辜负春光灿烂的一片好意。

几个师妹也没闲着，洗碗泡碗，做菜上桌的前期准备。人有旧友有新知，在凉风习习的长廊里坐定。

经过两个多小时的调制烹饪，花钱不过二百的一桌菜齐刷刷地上来了，在两道灵魂菜的带领下：松菇滚豆腐的鲜香，红烧肉的色泽，相得益彰地绽放出荤素搭配的绝妙。腌菜炖墨鱼仔、干锅胖头鱼、红烧鸡爪丁、茭白炒咸肉、山笋炒咸肉、香干炒咸肉，还有若干蔬菜清炒，最后德哥把嫩生姜切丝凉拌，满满当当十四道菜，有面有形有色有味，没尝上一口，满眼都是食欲。

把杨梅酒满上，一桌人有旧友有新知，在凉风习习的长廊里坐定品一桌厨男用心烧制的菜肴，再来点音乐吧。

人间美味家常菜，最易享受半日闲。匆匆打的上山迟来的魏医师半跑地冲进山庄，就为了这点口福，也是拼了，忙完医务也不忘山中有宴。刚坐下就直呼昨晚陪我们喝多了，中午不能多喝，嘴上说的是来看看大家，其实倒酒他也不拦着，就是啊，不喝酒跑那么远的路上山有意义吗？

小魏最近像脱离组织很久又久别重逢似的和大家亲近了不少，一是他酒量好，能喝酒；二是上个月刚入建德作协，和我无形中又多了一层舞文弄墨的同好；三是他绝对是能说会道的话痨，谁的话都能接得上茬，而且不是强拉硬缠的接话，用他自己的话说是高山流水地流淌，天马行空地漫步，不是跑火车的漫无边际；四是他会经常提供野味食材，上次是野生甲鱼，今天带来几只石鸡。一个特别能喝酒，特别会聊天，特别平易近人的新旧友融入其中，大受欢迎。小魏一时成了不问饭局的狼人杀，后来居上。就像昨晚的饭局，我都要等他来主持大局。

    这顿酒局吃了两个多小时，饭桌上只剩下小魏和宝宝，还意犹未尽，还滔滔不绝。我已上车准备接大家到高岭村去看看，新改造后的高岭面貌焕然一新，还有那个石林上的露营基地很值得一游，在我喇叭鸣声的不停催促下才慢慢起身……

2023 年 5 月 11 日

"天天"喝酒

不要误会，"天天"是一家开在新安物流边上的普通餐馆，离城区有不短的距离，到这里喝酒也是事出有因。

阿彪就在新安物流上班，遇到他上白加黑的班时，我们几个酒友有时会凑到一起去找阿彪喝酒。物流公司的边上有一排餐饮店，就近烧烤下酒点菜吃饭，自然就选择"天天"。它还小有名气，饭店掌勺的厨娘是湖南人，会烧湖南菜，嫁到建德后，就和老公一起开起这家夫妻饭店，生意还不错。

一说到湖南菜，又勾起了我的食忆。1987年我刚满二十岁，那年我在湖南安化待过一个多月，那是我人生第一次出远门，新奇的旅历，独特的餐饮，从眼睛和嘴巴上给我留下深刻的印记。

湖南三面环山，属亚热带气候，夏季炎热潮湿，降水丰富，而湘西的安化和建德在气候上极为相似。建德地处浙西，夏天也是潮湿得很。

说到"吃"，我那时就见识了湖南菜（湘菜）的劲爆。作为八大菜系之一的湘菜，口味丰富，或许是受地理气候的影响，湖南人特别偏爱口味酸辣的食物，还喜欢腊肉和腌菜，几乎餐餐有辣，连烧蔬菜也不放过辣味。建德人也爱吃辣，特别是寿昌大同方向的人，做菜味重喜辣，也是无辣不欢的饮食习惯，但和湖南人相比较就要逊色一点了。湘西山区的人们更偏爱腊肉和腌菜，建德人是偏爱咸肉和腌菜，饮食口味上极为相近。就连最有名的湖南菜剁椒鱼头、湖南红烧肉、腊肉炒豆干在建德饮食的谱系上也能找到相应的菜肴：鱼头炖豆腐、辣子鱼块、霉干菜肉、咸肉炒白干，不过细微的差异也是显而易见的。

十年前的一次湖南自驾游，我们从岳阳到张家界，到凤凰古城，再到韶山，最后到达长沙，一路品尝湖南各地不同的湘菜风味，更加深我对湖南菜的印象。

初到"天天"，自然会唤醒我对湖南菜的辣美印象以及那段青春游历的美好记忆。湖南人到建德开饭店，可谓一拍即合，几乎不用本地化改造，相近饮食口味的再融合，只是结合本地特有的食材随其自然地用心制作，就会形成自己特色的饭店亮点，不用迎合大众口味，要以自有特色去培养消费群，生意不愁不兴隆发达。

今晚的菜是阿彪点的，给我的印象是量多味重，偏辣又不是很辣，鱼头炖豆腐几乎就是建德口味，用的是千岛湖的胖头鱼，要想吃出点湘味，无非放点湖南的豆豉，在炭火上慢炖，可能会吸引出湖南人的乡愁；花生米凉拌黄瓜好像已经突破了菜系的藩篱，成了大江南北共有的简易下酒菜；毛血旺是川菜吧，在辣的精髓上，我想湖南人也不甘示弱，一个辣不怕，一个不怕辣；青椒炒大肠就完全本地化了，先卤后炒，有嚼劲，还是那个熟悉的味道；青椒仔排加了孜然粉，有烧烤的炙香；土豆炖鸡块，我怎么看都有西北大盘鸡的风味，汤汁深度融入土豆中，土豆吃完了，鸡块还留下不少；酸菜肺片，酸辣的浓汤被肺片吸附后，绵软的口感与舌尖上有点深深的依偎；萝卜丝炒牛柳同样也是加了辣椒；大蒜炒猪肝的滑嫩，青椒炒臭豆腐的正点，炒得几乎都恰到好处，几盘蔬菜倒是没再放辣椒。

这个厨娘不简单，从菜品和口感上她学会了博采众长，不是湘菜一统天下，而是把各种风味用到正点上，发挥出了自己颇有天赋的厨艺，看看品食后的盘子，就知道大家对这顿饭局的满意度。

最后阿彪还不忘到边上的南方烧烤店要了一盆烧烤鱼脸鱼尾，或许没有烤透，或许前面吃的菜太饱食了，对平日特别喜欢啤酒对烧烤的兴趣大减。

过了那个村，还有这个店。"吃"是一把双刃剑，和酒一样都应适可而止。顺便说一下这是前两天程姐委托阿彪订的餐，今晚就近聚餐多少吃出了一点意外。感谢！感谢！

2023 年 5 月 12 日

真味：有真味

"真味"餐馆老店新开，老狼呼我小酌一杯，好！

也有疑惑，他又不是"真味"老板，又不在厨房主事，到"真味"用餐有啥讲究？叫来老陈和方凌作陪后，才明来意："真味"是方凌弟弟开的。

见面就问："老狼，最近在哪里发财？"又问到了这个专业流浪的老厨师的痛点上了，果然自废武功，在灵活就业的漫漫长路中一直灵活着，不过从脸色上看不出老狼的忧愁，一副活得滋润的光鲜，让人羡慕。

老狼点好了菜，菜名报上来：冷盘花生毛豆、红烧柳根鱼、高汤牛柳、桑拿猪肝、火腿肉炒松针、青椒炒虾米、清炒地瓜杆。晚上的菜还值得说道一二，柳根鱼不在本地生长，听老陈说，为吃新鲜的柳根鱼他曾和朋友专程开车去开化尝鲜，如名所指，鱼似柳根，纤细妖娆，红烧也是鲜嫩，只是"真味"的这道菜烧得偏咸，可惜了柳根。不过还有办法补救，加了几片盐卤豆腐再滚滚，鱼汤鲜融入豆腐里，一举两得。

不说菜名，我是绝对想不到松针也能入菜，以前听老过说，他用松针泡过茶，有药用价值，据说可以降血压。看似清脆的松针当菜吃，一点也不脆，吃到嘴里有"滞"感，味涩，我没吃出它的好处，听老板娘说，这道菜点的人还挺多，也许就图个新鲜，是"真味"里的真味。

桑拿猪肝，这菜名形象。碗底铺一层滚烫的鹅卵石，酱过的猪肝过热油锅即起入碗，再淋上一层热猪油，就图一个字"嫩"。这道菜在香源土菜馆吃过，是香源的招牌菜，以前叫卵石猪肝。桑拿猪肝从老狼嘴里冒出来，感觉很奇妙。洗过桑拿浴的人都知道，里面的石头经水一浇会冒烟，桑拿猪肝淋油时，也会发出"滋溜滋溜"的声响，这个过程原本可以放到餐桌上进行，可以让吃客享受声色味的多重体验，可能怕油意外烫伤人，还是在厨房操作保险。"真味"有这道菜，也是想保有真味吧。

席间，老陈对老狼当年在牛头山开饭店时，由老狼出手的几道菜念念不忘，泥鳅煲，鱼扣肚片（双脆）……不知老狼还能否烧出当年的老味？

2023 年 7 月 21 日

一

水脉打通后的玉带河，就像打通人的任督二脉，活了！

一衣带河，从城东的外东湖、东湖、宋家湖过太平桥到城西的江家塘和蔡家塘，最后落到西湖，一条城中水系串起了明珠几点，绿水环绕，杨柳依依，湖岸亭台楼阁坊矗立，似一个个亭亭玉立的少女，驻足观望。一通流水过往，小桥横卧，体态优雅，已初现江南水乡少女 羞涩的面容，怎么打扮，怎么待客，都招人眼热，暧昧生息总想芳华绝代的旧时光。

特别是宋家湖一围，湖小乾坤大，自然比苏州园林大，却有真趣，来一回你或许就不想走了。一头有湖光山色，一头有市井街坊，又连着东西两湖，内纳乌龙山水，外接三江活水，为有源头活水来，水质碧翠。乘一小舟漫游于湖面，夜色降临，华灯初上，恍惚间，以为是泛舟在桨声灯影里的秦淮河上，却没有那么多的喧哗和孟浪。

这就是梅城的玉带河。

现在流行探踏宋韵遗迹，梅城多少有些旧墨遗痕。经过几年的梳妆打扮，腾笼换鸟，是到了待阁以嫁，还是葵花出世之时，依梅城老伯的想法，还是正正经经嫁人吧。梅城的名声又一次响起，有好的，也有坏的……

二

话是这么说，有些事还是要事先交代一二。

表弟志明和他媳妇小勤早就看上宋家湖一带的新落民宿业态，有心拿下一块可以实现他们梦想的地方。他们最中意的是原梅城工人俱乐部地块，已联排造就成徽式仿古建筑，三面临湖，一面靠路，路面正好邻着字民坊，连着字民桥，正好是东湖连向宋家湖的喉口，是一处闹中取静的好位置。这地方，看中的人不少，刚遇疫情期间，又遭疫情过后，谈谈停停，停停谈谈，他们借机果断出手，倾其所有又筹措资金投巨资拿下项目，想倾力打造成一座梅城民宿的金名片，这便有了"枕湖吟舍"的出世。

在开"枕湖"之前，表弟两夫妻已在城外西山紫苑开过"酩悦居"一年余，积累了经营民宿的宝贵经验，现在顺势而为，更上一层楼，关键还是对梅城的未来有信心。投资这么大，风险犹存，压力不小，当初筹划是以民宿为主，兼顾餐饮，装修布局也是按这个想法来设计的。

项目谈妥后，装修就在紧锣密鼓中进行着，紧赶慢赶还是没赶上"五一"黄金周，但梅城接待游客的数据和成功举办了一场音乐现场会，让他们看到了更多的希望，愿景可期。

"枕湖"终于在 5 月 9 日迎来了开业大吉。

开业前，我去枕湖民宿参观过几次，装修完工时又去了一次，虽然提不出具体建议，但对他们的吃住行一条龙全套服务意识相当认可。对民宿客房部的多种房型印象深刻，大致有玉带河景房、汤池大床房、园景双床房、LOFT 湖景房等十余种房型，可以给游客更多的选择。

枕湖食府有星空餐厅、湖心餐厅。因房间包厢有限，才有了这个星空包厢的出现。为了更合理地利用民宿现有空间，别出心裁地才选用了这种全透明拱顶圆柱包厢，像蒙古包，却更时尚，从远处望"枕湖"，星空包厢更像一个个的天文瞭望台。

三

楣楣在家乡探亲休假接近尾声，为了让她留下更多此行的美好记忆和与书局同仁的情谊，我邀请严陵书局的书友，7月28日（星期五）下午二点半从新安江出发，到访梅城，让楣楣看看梅城这几年的新变化，晚上在枕湖吟舍用晚餐。

我们一行四人，准点出发，到梅城先去会合在龙山书院驻会（严州文化研究会）研究员沈伟富老师，喝茶聊天片刻后，带楣楣参观龙山书院和望京门瓮城、城墙外的青云桥。台风即来的三江口，也是乌云密布，远眺巍巍乌龙山正在一片雾气升腾中氤氲旖旎。

要下雨了……

从龙山书院到"枕湖"可沿东湖湖堤行走，不到十分钟的路程。

参观"枕湖"，望着在风雨飘摇中的宋家湖，几艘木舟停泊在湖上，此时少有游客，空旷如野。沈公说，这船如改造成茭白船倒是别有风情。虽是玩笑一句，倒是让人回想起一个世纪前曾在三江口一带游弋的茭白船，也是民国遗风一例，现在早已无从寻觅了。但尚有严州船菜可以好好挖掘整理，如加利用可以为枕湖餐饮增加一点亮色。

晚宴我们被安排在星空四号，我们有种古今交错的时空回旋感涌上头。

包厢不大，可坐八人。包厢内照明、内外灯饰、空调、排风、呼叫，一应俱全。内壁置有帘子，一拉有打开天窗说亮话的豁然开朗，日看湖景，夜观星，举杯邀月共饮酒；拉上帘子，可窃窃私语，可交杯换盏，可忆往昔峥嵘岁月稠……关起门来享风凉。

而我仰望的当然是对"枕湖"美食的无限憧憬，不过这个愿望马上就实现了。菜是由表弟去张罗现配的，听说厨房主厨曾是严州府餐饮的大师傅，那晚宴的菜看多少就带有严州府的意蕴了。

一盘看似酱牛肉的冷盘，不可能与牛柳相冲突，又不像羊肉，吃到嘴里，姜还是老的辣，沈公口出："天上龙肉，地下驴肉。"经证实，果然是酱驴肉。

菌菇肚片煲的汤色诱人，菌的鲜，肚的脆，好像还吃到了牛筋的交口。一煲炖三样，样样在舌尖上跳舞。

葱油长条白花，食材取自千岛湖，肉质鲜嫩刺多，我们吃多了，反而无感。

四

星空包厢里的一顿美食有点别样，大家都很高兴。夜幕已降临，宋家湖升腾出迷幻的魅影，在酒意惺忪的眼里更加迷离。雨点也在敲击着拱顶，该回新安江了……

等我清醒过来，人已在书房，才记起言说请客，饭钱也没付，酒多误事。心里还在想着"枕湖"的事，倒是可以给表弟提出几点建议：

一、民宿与餐饮比翼双飞

外地游客在民宿住得好，最多一声"舒服"，只有吃得好，喝得好，玩得好，才会由衷地赞叹一个"爽"！星空包厢的创意不错，给人新鲜时尚感，但餐饮的优势还是靠菜品打动人心。晚上的菜肴不能说差，但还没形成"枕湖"自己的特色，辨识度、差异性还有待进一步提升。要将餐饮与民宿放在同等的位置上来经营，吃在"枕湖"，住在"枕湖"，品牌建设只有靠用心慢慢积累。

二、以文化为主导，树梅城文化地标民宿。

三、挖掘整理南宋严州菜系、清初严州船菜，完善梅城土菜系。

四、开发"枕湖"衍生文创品。

初步设想，还有想法等再次酒高了再慢慢道来……

2023 年 7 月 30 日

豆
皮
素
包
与
炸
响
铃

豆皮素包

姨夫的老家在义乌赤岸朱店村，豆腐皮是他们家乡那一带的特产，名气响得很。

姨夫民国时期曾在梅城东馆码头上摆渡船，50 年代家乡搞土改要分田地，大姨便随姨夫远走他乡回婆家落了户，一走七十余年，如今有九十七高龄了。前年我们家几个人结伴而行带着老母一起去义乌朱店村看望过大姨，让两位九十多岁高龄的老姐妹见面相聚，场面十分难得感人。这一晃又快两年了。

以前，大姨每次回梅城娘家探亲总会带点赤岸的特产，豆腐皮是必带的。那次在姐妹见面后的饭桌上又吃到了义乌老底子的风味小吃豆皮素包，也是下酒的菜点，咬一口就能想起义乌的味道。这种制作简单风味独特的豆皮素包在义乌几乎家家户户都会做，是逢年过节待客或是自吃的家庭主妇必做的一道菜。

豆皮素包，也叫豆腐包或豆皮包，有做成长条形的豆皮卷条，切块的叫"铜钱包"，也有做成三角形的三角包。"油润白净的豆腐皮在泡软后，被裁成一张张小片，经主妇的巧手一摆弄，豆腐、青菜或白萝卜、糯米等馅料立即被包裹在小小的豆腐皮内，透过薄如蝉翼的豆腐皮，里面的馅料一览无余。豆皮素包裹好之后用油炸成金黄色，豆皮和馅料在油煎声中传来了浓郁的香味。端上桌的豆皮素包，油光的金黄色豆腐皮里，透着那青菜的翠绿或白萝卜的洁白和晶莹如白玉一般细腻的豆腐。筷子夹起来咬上一口，皮层突出了豆香，里层鲜嫩比干炸响铃多了几分柔意，舌尖触碰的是外焦不酥内嫩而柔的感觉，恰似江南义乌女人的外韧内柔。"这是义乌作家许庆军的描述，想必豆皮素包早已深入人心。

赤岸是冯雪峰的故乡，这里所产的豆腐皮真是好东西，成品的豆皮丝滑油亮轻薄如翼，几十张叠加在一起，用时可一张张地揭开，制作豆腐皮已经成了这地方十里八乡村村会做的传统手艺，也全仗山区出产的优质黄豆和天然泉水制成，才能做得出来味道鲜美豆香淳厚的豆腐皮。

炸响铃

那年（2021 年）带母亲到义乌赤岸访亲后，第二天顺道去了先父的故乡东阳紫薇山。义乌的朱店村和东阳的紫薇山村直线距离很近，我们开车花了不到半个小时，虽分属两地，就像邻近的两个村，民风习俗也相近。

东阳画水镇紫薇山村是先父的出生地。祖父去世后，年幼十一岁的父亲随祖母落户严州（梅城），后来就再也没回过故乡。

这是我们第二次到紫薇山，母亲还是第一次来，这里才是她真正的婆家。从族谱中查知："先父许基荣，字丙荣，又炳荣，居严州。"父亲在梅城的经历我略知一二，成年后随蒋经国的部队入川，途中得了伤寒，在一百姓家求一碗姜汤才保住一条小命。落伍后也没再追赶部队，回程流浪四处。后来到了南京，在一大亨姨太太的公馆里做了私家厨子。后回梅城与我母完婚后又返南京，直到政权更迭后返回梅城。50

年代初经人介绍进了康复医院的食堂，一直做厨师到退休。

说了这么多就是要引出"炸响铃"，因为这道杭帮菜干炸响铃是父亲最拿手的一道菜。每次过年回家（他在我出生那一年工作调动到县城的县防治院），我妈在动手准备年夜饭时，他只会动手做一两道菜，算是添砖加瓦，烧得最多的一道菜就是炸响铃。

炸响铃成了父亲的拿手绝活，我想与父亲老家的豆腐皮有很大关联。

炸响铃的制作其实和豆皮素包的制作很相似，皮囊皆用豆腐皮，馅不同才是最大的区别。

我看父亲做过，把豆腐皮用温热毛巾热敷数分钟，泡软不破备用。拌馅把剁碎的五花肉屑用料酒、盐、味精均匀，加葱姜细末和去皮的荸荠细丁，如果没有荸荠可以用脆梨丁替代，但口感要差点。

摊平备用的豆腐皮，把拌好的馅沿着豆皮一边摆成一长条，然后卷起豆皮把肉馅卷结实，最后用生粉浆封口，完成后把他切成小段准备入油锅炸起。锅里加油五成热时，把一个个切好的响铃段放入油锅中，炸至金黄色时就可以捞出来了。

我后来自己也试过，要掌握几个要点：油锅不能太旺，否则外焦里生就失败了；量大一次吃不完，可以炸至五六分熟，下次要吃再回油锅，会更爽脆；馅内加荸荠是秘诀，有外脆里也脆的效果。

有人吃过楼外楼厨师烹制而成的"炸响铃"，说皮层松脆突出了豆香，里层鲜嫩增添了食欲，特别是食用时再辅以甜酱、葱白屑或花椒盐，就更感香甜可口，吃法不同确实能增添菜的余味，但没说馅内有没有加荸荠，不管如何都是下酒好菜。

至于为什么叫"炸响铃"，我只能用百度的说法来搪塞：据说，古时这个菜初出现时，既不是这个形状，又不叫这个名称。后来被人赏识，头角崭露，到菜馆酒家赏味的越来越多。一次，有个英雄豪杰进店专点这个菜下酒。不巧豆腐皮原料刚刚用光。这个人大有不达目的誓不罢休之势，听说原料在四乡定制，出店跃马扬鞭，自己去把豆腐皮取来了。厨师为他这样钟爱此菜所感，为他更加精心烹制，并特意把菜形做成马铃状，来纪念他爱菜心切、驰马取料这件事。于是，后人才称此菜为"炸响铃"。

我们家里学做炸响铃最好的是我三姐夫，在三姐家里我尝过他做的炸响铃，有父亲当年制作的绝妙。现在他们一家每年都回梅城陪老妈过年，制作炸响铃的任务都落到了三姐夫的头上。听外甥女莉莉说，下午他们在家里炸响铃了，馋得我叫莉莉赶紧发些图片过来，写一篇美食短文以解馋。

2023 年 1 月 19 日

巧山的熏肉

老家的：根：

今年是灯语堂落户巧山的第一年，拜了不问山庄老洪的码头，按礼数是要提前拜年的，东西不在多少，意思到了就没失礼，这个道理我还是懂的，所以今天中午趁午休时间赶紧到巧山给老洪拜早年去了，顺便把灯语堂门上的春联贴了，增加点喜气。

真的是过年的样子出来了，一到山庄，老洪家的大门前已挂上一对崭新的大红灯笼，特别亮眼，屋檐下还挂了一排圆柱形的小灯笼，经这么一张罗过年的气氛立马声张出来，他还在指挥儿子贴大门上的春联，听说今年可以放鞭炮了，那明晚还不响个不停。

我张望堂前的长廊，发现多了新花样，里面摆放着一个从没见过的铁桶，桶身锈迹斑斑，看底部开了口子，应该是个油桶改造过的炉子，桶顶盖着纸板和锅盖，我十分好奇地走过去揭开盖子纸板，不看不知道，一看吓一跳，桶里挂满好几道肉，已经被炭火熏得黑中带黄，油亮油亮的，没想到老洪还有这一手，熏制猪肉可是云贵湘一带的特色年货，我们这里不怎么爱吃熏肉，发朋友圈后，霞飞万里一句留言提醒了我："估计庄主是为老婆熏的，我们这儿的人一般不爱吃。"确实如此，老洪的老婆是贵州人，虽然巧山话说得很顺溜，但从小养成的美食记忆怎么会轻易抹去，孝敬老婆大人也理所应当哦。

熏肉我没有制作过，说不上什么道道，以前在电视里看见爱吃熏肉的那些省份的农村里把要熏的肉都架在火塘上，任其火塘里的火焰烟熏火燎，时间久了，一块新鲜肉慢慢变成了满身的岁月沧桑。为了增其香味，有的人特意用有特殊香味的木料当柴火，让香的精灵升腾到肉的身心。怪不得，老洪要把长廊改造，还特意留了一个火塘，他是要把丈母娘家里的习俗搬到巧山来，以后我们有口福了，想想用大蒜叶和熏肉爆炒后端上来的绿配红，管它什么烟熏味，我也要尝尝。

早上出门的时候走得匆忙，方韦兄撰书的春联只拿了一对大的，小的一对落在了书房里，连"福"字也忘了带了。把春联贴到门楼的柱子上，勉勉强强还能看，不是方韦兄的字写得不好，是木柱太苗条了，有点搭不上韦哥的气势，只能委曲求全了。"福"字也只能用上次布衣书局买来的董桥书写（印刷品）的剩下还有一种，正好贴上，再贴上横批，齐整了。

正好莉莉发来了家里在做春节美食的照片，立马发朋友圈：【美食】琵琶根

过年前家里有姐姐姐夫操持着，我们在后方安心上班，回家吃现成。今天的油锅又"渣渣"地响，炸完响铃，沸琵琶。

琵琶根是用肥猪肉切条，在面粉糊里翻滚，裹上一层厚厚的棉衣，过油锅，喜洋洋，炸金黄，吃的时候可以蘸酱料，一口下去，"滋溜"一声会冒出油来，不是一个过瘾了得。

中华饮食文化博大精深，各种菜肴的名字也是五花八门，像炸响铃和琵琶根都和动听的声音有关，该不会吃了又想唱吧？

朋友圈里这一发，就有人纠正了我近半个世纪的习惯叫法，苏州文

斌兄留言说是"枇杷梗"，看外形确实有几分相似，梅城人没有叫"梗"的习惯，叫"枇杷根"更贴切。小时候我对这根也起过疑惑，它和琵琶挨得着边吗？

枇杷根是儿时的美食记忆，成长在那个年代的人油水都不足，过年了，都想趁机把油水补足了，枇杷根是再好不过的根了。其实这根制作特别简单，有文友说，"我们叫黄炸，用半肥半瘦的肉似乎更好吃"，现在生活条件这么好，谁还吃这么肥油的根啊，美食必要的改良一定跟着人们的饮食变化而改变。

2023 年 1 月 21 日

黄瓜与酒

桃谷七仙没有聚在一起喝酒，各自在家独饮时，都能不约而同地想到用黄瓜下酒，不愧是好友。

老仇倒了一杯白酒，阿彪倒了一杯李子酒，一红一白，没有碰杯却能隔空对话，好在有微信的话音传递，孤独倒也不寂寞。喝酒要伴，独饮时有了声音的回应，平添了几分不甚闹猛的乐趣。

今晚，我没有喝酒，在群里看他俩喝得痛快，聊得开心，也不便打扰，想笑的时候就暗自莞尔一笑。

用黄瓜下酒，这是懒人的喝法，多少也要来盘花生米。不过，用黄瓜下酒确实方便。入夏后，黄瓜是时令蔬菜，清凉可口。取新鲜的黄瓜，洗净即可入菜，可以用醋凉拌，也可以拍瓜切成小块蘸着酱料吃。一口酒，一口瓜，酒是辛的，瓜是凉的，嚼在一起阴阳相抵，既爽口，又过瘾。咬着黄瓜时，用老仇的话说是"吧唧吧唧"的脆，喝一口酒"嗞"的一声，前后的合音就是脆响，连声音也是醉人的。

这两位老兄实在太懒，合着不知汪曾祺先生曾经写过一味"扦瓜皮"的做法，用黄瓜削下的皮洗净切段，投入料汁中腌制，装盘成菜也是一道下酒好菜。

端午快到了，黄瓜和酒终于可以名正言顺地走上台面，演绎一场由黄鱼、黄瓜、咸鸭蛋、黄鳝、黄酒主导的"五黄"纷争大局。

人生的享受，其实也很简单，就说独饮吧，一盘花生米，两根嫩黄瓜，就可以让人高兴一晚上。这也许只有好酒之徒才能体会到的快乐。

附上新枝：

听说老仇长年吃拍黄瓜把自己吃成了苦瓜脸，同情！建议阿彪饭局接纳老仇为荣誉会员，定期来补充营养。

为旧文批注：

一根黄瓜添新愁

二两白酒解旧忧

2023 年 1 月 31 日

拆猪头

徐桑在更楼农贸批发市场当管理，对市场上菜价的波动了如指掌。去年底因受防疫政策调整的影响，批发市场猪肉的价格跳价厉害，徐桑告知：条肉只要 15 元一斤，整猪头 11 元一斤，去皮猪头 13 元一斤，叫大家赶紧下手，正是腌猪肉猪头的好时机。

从猪肉价格的走向可见，猪被屠杀后，猪头就被轻贱了。猪头表示不服，可也无可奈何，市场的供需关系决定了商品的价格走向。有的人喜欢猪头，有的人讨厌猪头。

喜欢猪头的人说：猪头可以万年福、祭祀，那是民间敬天敬地敬祖的习俗，也是传统贡品，猪头供位上总是占据显著的 C 位，没有它唤不醒神灵显灵。

猪头整个都是宝，猪鼻葱、猪耳朵、猪舌头、猪眼睛、核桃肉、猪脸皮，只有牙齿不遭人待见。腌制后的猪头，经多个阳光的照晒下，油光可鉴，醇香四溢。

拆猪头的时候，从大锅里散发出只有猪头才有的香味，过水的汤汁乳白色的油腻，炖萝卜是一等一的好。

头上的宝可以组合大拼盘"鸿运当头"，也可以分开小炒，机动灵活，取舍自如。

猪头肉的好可以说说上一天一夜，猪头肉的不好只有一个字"发"。可中医的"发"却是个向好的修正过程，就是把内部的病邪，例如寒湿热等通过药效，驱散到外部，进而将重病缓成轻症，通过增补，恢复脏器的正常功能，最终彻底消除病邪。而梅城话的"发"，意思与此正好相反，把我也搞糊涂了。

高风亮节的猪头其实是很无辜的，猪头如果有知，此刻肯定会在嘀咕：自从我的脑袋搬了家，就没想安耽过，腌啊，煮啊，你们想咋就咋办。给了你们美味的享受，到头来还要骂我，有本事你们不要吃我。

去年冬至过后，我在巧山充了一只土猪，有三百多斤重，花了我六千块钱，因受疫情影响，轰轰烈烈的年猪宴只能在小范围之内意思一下，大家都分了点猪肉，猪头是我所好，留在了巧山让养猪的老太婆帮我腌制，半个多月后开始晒太阳，猪头的颜色愈发油光锃亮，香味也开始弥散，开春后，该拆猪头了。

惦记腌猪头的人很多，叫谁不叫谁都是难事，只好悄悄地上巧山做一次有点偷偷摸摸的行动，没吃到猪肉的人就不要见怪了。

那天老洪在山庄，委托他把腌猪头煮了。我问老洪会拆猪头吗？他自信满满，不就是一只猪头嘛。麻利地把移动柴火灶搬到大院子里，抱来一捆柴火，放水煮起了猪头。

老洪花了两个多小时终于把腌猪头煮熟，香溢满院，翻滚的乳白色汤正好煮萝卜笋干。

没想到老洪还是拆猪头的行家里手，锋利的菜刀在他手里游走，剔骨头不沾一点肉丝，切好一盘猪鼻葱、一盘猪耳朵和一大盘鸿运当头，中午可以大快朵颐。

2023 年 2 月 20 日

石屏肺片

　　老过又要在家做菜了，用他的话说，正在下一盘大棋。大人物下棋，一言不合兵戎相见，小人物下棋，心情愉悦酒肉相待，孰高孰低，真是一言难尽。

　　为了完成这盘大棋，老过网购了一套米其林行头。以前一直以为米其林就是一个轮胎品牌，后来才知，还有鼎鼎大名的米其林餐厅，做轮胎的米其林是怎么和"吃"扯上关系的，其中必有故事，用我简单的思维一想，大概是走遍天下路，吃遍天下美食，同样不可辜负。这套米其林行头穿在老过身上，用一个词形容"得体"，大小胖瘦正合适，像量身定做的一样，想得还周正，有帽子，像贝雷帽，气度从头上升起；有围兜，肚上一围也有家中大丈夫的模样；深色的厨师工装给人以隆重的仪式感。老过已然成为一个大厨，不仅用米其林加身，还准备用一盘大棋证明。见到老过，对他的形象大加赞赏，他正在厨房里亲力亲为，我好奇地问：

　　"你今天下的是一盘什么样的大棋？"

　　"你自己看菜单。"

　　"石屏肺片"荣登榜首，原来如此。就像写文章有原创一说，老过在"石屏肺片"的后面用括号加注了"原创"二字，怕别人抢了他的发明。"石屏"是老过的老家，在航头镇，说明此菜是有源头的。

老过直言，做肺片不容易，光是把买回家的新鲜猪肺，蒸煮清洗了六遍，才把藏污纳垢的猪肺彻底洗干净。他说，要想给自己找麻烦，就买个猪肺自己烧菜，而且还要连同猪心一起买来，和肝胆相照一样，这叫"心肺复苏"，看来下大棋还是有讲究的。

片片肺叶情正在灶头上的大盆里煎熬，肺片黑漆漆的，已是用生抽老抽卤过，用萝卜块打底，还加了茯苓，从厨房里溢出的香味无法用词形容。关于肺片，川籍作家李劼人先生在他的小说《大波》中是这样描述的："用香卤水煮好，又用熟油辣汁和调料拌得红彤彤的。牛脑壳皮每片有半个巴掌大，薄得像明角灯片，半透明的胶质体也很像；吃在口里，又辣、又麻、又香、又有味，不用说了，而且咬得脆砰砰的，极为有趣。这是成都皇城坝回民特制的一种有名的小吃，正经名叫'盆盆肉'，诨名叫'两头望'，后世称为牛肺片便是。"不知老过是否从李劼人的小说里得到了灵感，书中描述的是牛肺片，食材其实是牛脑壳皮和牛杂，类似于猪头肉，而老过的大棋是猪肺片。

看来石屏肺片的真正源头还要另找，问老过，他笑而不答。回家后我找出袁枚的《随园食单》，书中在"特牲单"中提到了"猪肺二法"，读起来饶有兴趣："洗肺最难，以冽尽肺管血水，剔去包衣为第一着。敲之仆之，挂之倒之，抽管割膜，功夫最细。用酒水滚一日一夜。肺缩小如一片白芙蓉，浮于汤面，再加佐料。上口如泥。汤西厓少宰宴客，每碗四片，已用四肺矣。近人无此功夫，只得将肺拆碎，入鸡汤煨烂，亦佳。得野鸡汤更妙，以清配清故也。用好火腿煨亦可。"小品文言简意赅，多读几遍馋馋之心顿起，联系到老过的这盘大棋，有异曲同工之妙。席间听闻有擅馔之能的根红兄说起他洗猪肺的经验之谈，将猪肺管套在水龙头上，灌满水后倒出，反复多次，把肺内血水冲尽。放入锅里用水浸没，烧沸蒸煮，去除泡沫，再用清水灌冲多次，直到不见细沫为止。

猪肺清洗是前奏，过程繁琐，关键是怎么烹制肺片。袁才子提供的二法是用鸡汤煨烂和用火腿肉煨煮，石屏肺片没有用这二法，老过的原创是用猪心同煨，另加咸肉片，用萝卜收汁，用茯苓去腥，有点别出心裁，花了点小心思。收汁的过程很重要，火候啊，收的程度啊，这都见功夫。当一盘黑漆拉乌的肺片收到片片清爽后，端上桌一放，你尝尝！软绵绵的肺片有了硬度，吃起来真的"脆砰砰"，几个吃货的真心点赞，老过的这盘大棋算是功到自然成了。

2023 年 4 月 16 日

　　老钱的亲戚，在老消防队边上临街的店铺盘下了一家小吃店，名叫"筱萱小吃"，简单改装后准备继续做小吃，早上做包子，豆腐包是少不了的。中晚餐卖点快餐或兼做点小炒，想多赚点小钱，为的是早点回本。

　　前几天，"筱萱"新厨娘我们随老钱也叫了舅妈，试做了几笼豆腐包，让老钱叫几个朋友去品品，提提意见，我少不了带嘴去了。

　　那天走到小店，店堂里的餐桌还没运到，还好有一张不锈钢作业台，几屉蒸笼放在台上，还有一盆包剩下的豆腐馅，乍一看，馅有白嫩嫩的豆腐丁、翠绿的青葱花、红透的辣椒丁，加上特制的汤汁搅拌而成，还有几片擀好的包子皮薄薄的。包好的豆腐包已经上蒸，我们等着豆腐包开笼。

　　先上了一笼，一屉有四只豆腐包，热气腾腾，白皙的皮面上有小片渗透了辣油的红润，这种白里透红的色泽是建德豆腐包的典型特色，老钱抢先夹了一只豆腐包到碟子里，生怕别人抢了他首发评论的风头，吃了一口直呼："不错，不错！就是这个味。"我也拿起一个豆腐包细细品尝起来，感觉今天吃包子和平时吃早餐点豆腐包有点不一样，感觉自己真像个评委，舅妈在等着我们打分。

　　豆腐包皮薄馅鲜又带着浓烈的辣味，让细嫩的口感增添辣的厚重感，有的还会加点倒笃菜提鲜，吃在嘴里舌尖上的滑润顿时又有味蕾的刺激，建德人把这种包子做到了极致，但一定要趁热吃。

舅妈以前一定做过包子，她做的豆腐包形状饱满匀称，外形已没问题，味道我只打了八十分，还有提升的空间，刚刚品尝的豆腐包，皮还有点糊口，蒸的时间可能还差一分钟，馅怎么拌还要去取取经，还有就是没吃到肉包，不知道肉包的味道如何？不过初试如此，已经不错了，加上这条街上早点做豆腐包仅此一家，生意一定会兴隆。

豆腐包自然不能下酒，舅妈为了感谢我们，另外备了几个菜给我们下酒：红烧猪蹄、炙汤烤鱼、炒螺蛳，还有几个素菜。带汤的烤鱼不错，即时加热的烤盘里，底料加了金针菇和豆芽菜，以防烤鱼炙焦，烤的时间越长汤味越重，吃得大家满头是汗。

又是包子又是菜，这酒喝得踏实。

又过了几天，老钱再约去"筱萱"喝小酒，说小店已开张，我们去捧捧场。这次老钱点了干炸小鱼、九转肥肠、卤牛排，还是炒螺蛳。喜欢重口味的一定不能错过"筱萱"舅妈做的这道九转肥肠，它以猪肥肠头为主料，将小肠叠加套进大肠，切段翻炒后的肥肠看起来特别肥腴，此菜虽仿照山东名菜"九转大肠"而烹制，却另有"筱"味。它用洋葱提香，加老抽生抽增色，菜色红润，质地软嫩，不过吃多了太过油腻，用冰啤酒佐之，大呼过瘾。

几个小菜都是荤的，下酒佳肴，能助酒兴，我还能控制点酒量，老钱和小张来劲了，连倒几次还不罢休……

世俗的日常就是这么任性，对老钱的肆意，我劝也劝不住，又没受啥刺激，留点快乐给明天吧。

2023 年 4 月 18 日

鲜为人知

　　为了一口"鲜"，也是拼了，这么热的天，不辞辛劳地跑到山里去寻松菇。

　　南方的黄梅天，天气闷热潮湿，雨天后正是松菇疯长的季节。儿时经常能吃到的松菇现在也成了稀罕物，市场上一菇难求，就是有也是物少价高，松菇已然成了美味难寻的符号。看到色彩斑斓的松菇，总能引起食客们的食欲，一年中能吃了几回有松菇的宴席，那是再好不过了。

　　乘我不在家，阿彪和风哥已经几次上山采松菇，搞得热火朝天。我在运河边走大运，他们在山上走大运，收获满满，即采即烧，凑新鲜摆上一桌以松菇为主角的饭局，大快朵颐，过腹难忘。

　　松菇不易找，虽然巧山上的路边松树下也能偶见，但轻易能得的东西基本上轮不到采摘的份。另辟蹊径是风哥采摘野味的不二法则。曾经去过新叶、里叶、大同、乾潭，甚至远到淳安、龙游……去寻找。他们说松菇长成时是有气味的，潮湿之时之地，雨下透的时节，松菇会孤芳自赏，也在静静地等待有心人的光顾。

　　阿彪和风哥经常和山地、森林打交道，练就耳朵、眼睛都特灵的本事，在与大自然深度融合对话交流中，有一套鲜为人知的功夫。进山时的朝拜，天地有灵，少有人迹的深山老林，平时有土地公公和山神管辖着，你入他的领地，就要有敬畏之心。拜拜，礼上先，在山林外围找个地方撒泡尿，据说可以预防迷路和撞南墙，就是绕来绕去都在原地踏步。

晚上彪彪在家烧饭，有松菇汤，就约了我和风哥，三人坐定，就听他们这几天上山的奇遇。

风哥前几年就找到一块长菌菇的风水宝地，在莲花某个偏远的山林里，平时人迹罕至，进林只听鸟鸣，遮天蔽日，难辨方向。为了安全起见，要搭伴而行，相互有个照应。而这个伴也是有要求的，体力好，熟悉山林的习性，风哥和阿彪搭档，绝对是最佳组合。

听风哥说起前天的事，约阿彪结伴而行，在山里两个人还走丢了。几米之外的松菇密布，色彩鲜艳，可体力透支的风哥，两眼惺忪，如见彼岸之花，瘫坐在地上，不想移动脚步，就是想动，也没有一点力气，就身边的松菇采了几丛，呼阿彪也没有回应，感觉走到了人生绝境。不过，最后还是化险为夷，在只有山、林、人的与世隔绝境地，有时会灵机一动，两个人又会莫名其妙地会合了。

风哥找松菇找了好几年，积累了丰富的经验。要不就不见松菇踪影，要不就是一大片。看见整片的松菇群，如发现新大陆的喜悦，那兴奋的劲儿，我只有在酒桌上看见他的表露，那是难以为外人道的乐趣。

当一背篓装满松菇满载而归后，看到他们晒出来的诱人成果，纷纷有人私密："什么时候带我去摘松菇？"

采松菇真的不是像果园里采草莓，踏破铁鞋无觅处是一难，不是什么山头都长松菇的；跋山涉水进丛林是两难，容易迷路，户外活动经验丰富的人到不熟悉地形的地方都会迷失方向，更何况新人上山，出了事情叫天天不应叫地地不灵，带路党都怕发生这样的事情。

几年下来，风哥心中储藏了一份建德及周边松菇分布活地图，秘不示人。大家皆知的地方肯定找不到松菇。昨天，他们又出发了，就在建德与淳安交界的某个宾馆里面，在水塔附近的松林里，有一片采集地，轻松一背篓，早早回家了。

松菇不易存放，怎么处理来之不易的松菇，风哥想了许多办法。虽然可以用保鲜袋放冰箱里短期冷藏，还不如现包馃，做饺子，送人。松菇、豆腐切丁，加肉末搅拌成馅，既可包馃，又可做饺子，放在冰箱里可长期存放。这也是一种变通。

就在要结束此文的时候，看见"今日建德"公众号发布了这样一则新闻，《这种"石灰菌"千万别吃！建德有人吃了被紧急送医》：最近高温多雨，在建德务工的曹大哥（化名），看见家后山冒出很多野生蘑菇，蠢蠢欲动。野生蘑菇味道鲜美，曹大哥凭借自己在重庆老家吃了很多年，都没出过问题的经验，在 6 月 27 日中午，上山采了许多在老家被称为"石灰菌"的野生蘑菇。当天晚上，他便和几个朋友把这些山上采摘的野生蘑菇炒了吃。这一举动，直接把他们送进了急诊室，饭后两小时，同桌四人均出现不同程度的肚子胀痛、呕吐、腹泻等症状。经医疗机构及时治疗后病人中毒症状明显好转。市疾控中心接报后，第一时间赶往现场调查处理。根据病例的临床表现、潜伏期时间、食用量多者症状重，未食用者未发病，以及患者指认食用的野生蘑菇，有关专家鉴定确认为误食日本红菇引起的中毒，该菇毒性一般，以胃肠炎中毒表现为主。

菌菇的鲜美，早已被世人熟知，是谓"鲜"为人知；菌菇的生长地、种类、毒性及发生中毒的事故却鲜为人知，不能为了口腹之欲而冒险为之，当引以为戒。

第二辑

灯下谭

玉带河边的"哒哒"声
——忆梅城被服社旧事

一段唤醒儿时记忆的对话

昨天在老家陪老母聊天时，看"潇洒严陵话古今"群里的消息，发现"大海"在艾特我：@灯下醉 看到你妈的照片，她老人家精神状态很好！身体也棒，你哥哥几十年不见，看去就是脸上皱纹多了几条，下次有机会到梅城去看看你妈，我离开梅城以后几乎没有见过她。

"大海"是我妈在被服社工作时的老同事雪敏阿姨的儿子，他自己又是和我大姐在梅城皮革厂工作时的同事，我们两家关系比较近，两年前曾在梅城棋盘街上的古玩店里偶遇，见面一聊就是好几个小时，说起旧事他知道的比我多，他大我十几岁，自然知道许多我并不了解的古城往事。

"你妈的照片我给我妈妈看了，她老人家看到老朋友身体健康，精神状态又好，非常高兴。"

两个老姐妹都是九十多岁高龄的老妈妈了，我一下子记起小时候见到雪敏阿姨的模样，比我妈高也比我妈瘦，说话的声音很好听，看得出年轻的时光很俊俏。他们那一辈的老同事，现在在世的已经数不到一只手了，说起前段时间刚走的桂花阿姨，我妈的脸色有点黯然伤神，听说寿师傅还健在居住在杭州，她的脸色又露出许笑容，到了这个年纪听到老同事的消息和不错的近况，心里总有些宽慰。

"她知道你在医院工作，但脑子里印象还是你小时候跟在你姐屁股后面，流鼻涕顽皮的样子比较多。"我还记得雪敏阿姨对我的好呢，小时候贪吃馋嘴，她经常把家里的零食带给我妈送我们吃。因为他们家里的条件比我们家好，到了80年代改开初期大海哥的舅舅回乡探亲，带来了我们从没见过的糖糕点心，我自然也尝到过甜头。

是大海哥唤醒了我儿时的记忆："和阿姨好多年没见面了，小时候我妈还没退休，我几乎天天跑被服社去玩，有时候还跟着妈妈值夜班，自己带被褥，睡那大大的裁剪桌上。"

"你妈妈生了你以后一定要辞职，说在门口摆个卖地瓜的摊，不比上班赚得少，还可以带你，后来我妈天天劝她，还到厂里把衣服拿到你家，让你妈妈加工，多次劝说之下，你妈最终同意回被服社上班。你妈差点为了你，没有退休金哦。"

家里还有这样的往事，我有些惊奇，以前从没听说过。问坐在我边上的老妈有没有这回事，她想了想轻轻地点了点头。在边上的大姐附会道："那时老妈每个月的工资才六块钱，到乌龙山上笆松毛丝一担能卖个两三块钱，她想想还是自己干活划算吧，所以就想退出被服社。我和你二姐还帮妈钉过纽扣锁过扣眼呢。"

玉带河边的被服社

被服社是20世纪50年代梅城手工业合作社的一种，地处梅城繁华商业圈十字街口的中心地带，是呈长条形正面垂直于太平桥临街的一排老房子，它面临正大街，与胡亨茂相邻，与玉带河相依，尾部和三板桥相连，那个区块旧称"曙光里"。"里"是里弄的意思，上海人指的是胡同，我们梅城也有不少带"里"的地名，准确地说是那种带有弄堂的居民小区，如庙弄里、盛昌里。

我妈是50年代经人介绍进的被服社，当时已是有两个孩子的妈妈了。当年社里还办过识字班，因为家庭负担重，没有时间和精力上夜习班，妈妈就这样失去了一次好好学习文化的机会，最终识字除了她的大名"徐桂香"和阿拉伯数字外，数起来不足一双手，是标准的文盲，但她并不笨，到现在她都不服气，说如果那时能多学点文化，还想让我们给买一只智能手机玩玩。

被服社初创时期的一些情况，我不甚了解，大致的情况是当时的政府部门把一些有手艺的裁缝和家庭妇女组织起来，在一起做集体劳动，按自身手艺的特长分列到裁剪组、缝纫组、绣花组和装订组中去，我妈被安排到了装订组，属技术含量最低的工种，工作无非是钉扣子锁扣眼缝衣边。社里的主要业务是承接私人的服装定制和集体所需的批量服装加工，一般都是跟着国家的政策走。等到了我能记事的时候被服社已经变成了被服厂，小组也变成了车间。

被服社的房子格局就是有几进的旧式老房子，临街门店负责接待顾客，店门当时还是用可以装上卸下的门板。店堂里的一侧有简单的成制服装展示，还有两张和乒乓球桌大小的裁剪桌，高度更高些，这是白天裁剪师傅的工作台，晚上却成了值班人员的大床，小时候我跟随母亲值班也不知睡过几次这样的大床。记得白天的门店里比较空，一般有一到两个裁剪师傅负责接待顾客，师傅手臂上戴着袖套，脖子上挂着软皮尺，桌上有长的米尺短的寸尺，皮尺给顾客量身，硬尺给布划线裁衣，还有颜色不一的彩色划粉，用来在布上划线做记号的。最要紧还是那把裁缝剪刀，师傅们都比较珍视，这是他们的吃饭家伙，轻易不让外人动的。裁剪剪刀大而锋利，我见过有两种形制的，一种是左右两刃对称交错的剪刀，还有一种是两刃手把不对称交错一边带拇扣侧弯的裁缝特种剪刀。

裁缝师傅手里的剪刀不为外人动，这种对谋生工具带着特殊感情的禁忌有行规讲究就不难理解了，另外也怕别人弄坏了剪刀的锋利，影响裁剪的一步到位，所以我记得妈妈的交代，不能用师傅的剪刀剪指甲，否则要挨骂的；还有一个讲究就是师傅们都会把剪刀交给自己认可的磨刀匠去打磨，磨刀匠会按师傅的要求定时上门服务。每当在街上听到尾音拖得长长的"磨剪刀，锉剪子来"市井叫卖吆喝声，我呼得一下，闻声而动，冲到被服社的门口去看师傅磨刀。小时候不明白剪刀和剪子的区别，行业不同剪刀也有不同的叫法，后来才明白裁缝的剪刀叫剪刀，理发的剪刀叫剪子。

被服社里的"哒哒"声

被服社的二进房要上几个台阶才能到达，这房地势要比门店高，面积也大多了，这是社里工作场面最繁忙最热闹的缝纫组所在，缝纫机飞速运转产生的"哒哒"声就是从这里蔓延到四周去的，这声音此起彼伏，一刻不停，每天都在这里演奏同一曲劳动的欢歌。

工作场地的布局也有讲究，几排并行排列并两两相对的缝纫机中间的空隙用长条布连接，既合理利用了空间，又让操作更加方便。等我能蹦蹦跳跳地在被服社里乱窜的时候，脚踏手转的老式缝纫机已经淘汰，换上了电动机械缝纫机，这样虽然提高了工作效率，可对工人的熟练程度的要求也就提高了，学徒工还是要在脚踏缝纫机上熟悉一段时间才能上手电动的，这也是为了减少生产中出现次品的考虑。

在这里上班的是清一色的女工，有人说我从小就在女人堆里长大的，此话不假。家里我有四个姐姐宠着，妈妈上班的地方又是女多男少，所以从小也就听惯了叽叽喳喳，这是被服社里除了"哒哒"声外，觉得并不怎么刺耳的声音，没有说说笑笑哪来的工作效率。

走下后面的台阶是一个小天井，这里有自来水池，侧面有一扇对开的门，通向玉带河。

从太平桥到三板桥靠近被服社的一边原来是有一条小道的，它的长度就是被服社的长度，小道一边是墙一边是从玉带河堤岸石砌上来的石栏，开在小道边上的门迂回到前门便成了小鬼们捉迷藏打通社里社外鱼贯而出的方便之门。一头可到太平桥，一头跑过三板桥出弄堂又到了十字街口。

我们小时光玩的是这种绕弯弯，对眼前的玉带河总是视而不见，连多看它一眼的兴趣都没有。那时从没有人叫过玉带河，那就是一条有时都想掩鼻而过的臭水沟。

裁剪师傅

在裁缝这个行当，成衣有一套完整的流水作业线。最早开裁缝铺的师傅一般自己都能独立完成整套工序。当做出一定名气后，一个人已很难应付应接不暇的私人定制，到了这个阶段，师傅会雇用一两个帮工或是带几个徒弟，帮其完成裁剪后面的几道工序。所以，裁缝行量体裁衣是关键，是这个行业的灵魂，衣服裁量得体就相当于完成了一半的成衣工作。在被服社，老裁缝因为只需完成第一道工序，所以都叫裁剪师傅。

师傅带徒弟，在裁缝行有正式的传承关系，旧时比较信这套礼节礼仪，新社会不兴这个，有意模糊阶级关系，但在被服社里对老裁剪师傅都很尊敬。在我的记忆中，小时候有点怕他们，看他们总是不苟言笑，一本正经的样子，看见他们我总是躲得远远的，唯独不怕蒋樟福师傅。

蒋师傅是个开心果，会说笑话会唱歌唱戏，高兴的时候还会跳舞，他身上有文艺细胞，做裁剪屈才了。

蒋师傅还是我们的老街坊，同住府前街，相邻不过几户人家，同在一条街上这样关系又亲近了几许。蒋师傅喜欢串门，可你摸不着他会在什么时候窜进家门，一般都在饭点的前后，看他红光满面地进来，我姐姐在家总会逗趣蒋师傅：

"蒋师傅，今天来一段啥？"

"就讲个笑话吧。"笑话易于饭前听，他那略带表演的讲笑，多少有些夸张，如果是在吃饭的时候听，冷不丁地会喷饭而出，如果喷到了蒋师傅的脸上就不礼貌了。

真的不知蒋师傅给我们街坊邻居带来了多少欢笑，他已走了有好多年，至今想起，我都很怀念他。一个和善爱说爱笑甚至爱闹的市井小人物，以他自己的方式对待自己的生活及遭遇，我们最不忍的是看他表演自己批斗游街的情景，因为到了平反的后期，这又成了可以炫耀的资本。可别小看能说会演的底层角色，没一点绝活，时间一长会被别人看成一个笑话，蒋师傅的厉害就在于他会使出不断花样翻新的笑料，让我们的笑感觉不出那是廉价的轻薄。

裁剪师傅中，我最怕樟英姆妈家里的张师傅，他是家里的绝对权威，无人敢撼动。他脾气大，性格有点火爆，我好像就没看见他轻松地笑过，但裁剪手艺一流，擅长制作老式正装，中山装，西装，呢大衣，呢制服，好像不做女装。那个年代普通家庭只有在逢年，或是婚嫁，或是寿辰才会想到添衣加装，特地托亲友到杭州上海买来的金贵的料子，只有信得过的师傅才放心拿出老料去做，就怕一剪刀下去穿出一个不合身的烦心事。

口碑就是生意，好的裁剪师傅就是金字招牌，所以被服社是以一种前店后坊的作业形态经营着。老师傅在门店里接客量衣收料撑门面，年轻的师傅和学徒在三进里的一间裁剪房里作业，有点像医院资深医师出门急诊坐诊，年轻的医生在住院部管病人。

樟英姆妈家也是我们的老街坊，离我家就隔了一户人家，不是门当户对，却近得可以在正对着的各自阁楼小间的窗户上，吆喝一声就可以出小窗户探出头来，隔空聊天。也不知我妈让我认过樟英姆妈为干妈没有，反正从小就这么叫"姆妈"。他家里一家人几乎都是手艺人，张师傅裁剪，樟英姆妈缝纫，儿子张金水子承父业也是裁剪，小儿子倒是去学车床开模子去了。在我的记忆中，被服社的裁剪师傅很早就在家揽私活了，也怪不得师傅，人家手艺好，自然会有人找上门，求帮忙做件好衣裳。到了张师傅退休在家便可以名正言顺地开起了家庭作坊，那是80年代的事了。记得那时到他们家做衣服的人络绎不绝，活来不及干的时候，装订的活就叫我妈揽去了，这样也能赚点辛苦钱补贴家用。没过几年他们家就富了起来，我估计他们是被服社用自己的勤劳肯干而成了最早的"万元户"。

在这些裁剪师傅中，我最佩服的其实是寿师傅，他的存在至今都是一个传说。寿师傅个子高挑，气质儒雅，不像是个做裁剪的手艺人，倒像是个在学校里教书的教书匠。在他们那一批老师傅中是属于敢于创新的人物。裁缝行是属于比较守旧的行当，这也是无可奈何的事，看看五六七十年代普通百姓穿的服装，几乎少有变化，只有到了 80 年代，时尚的潮流开始流行起来，服装业才出现了难以想象的活力，特别是女装各种流行款式服装裙子开始在大街小巷出现，着实让人们眼睛为之一亮。

我记得寿老师擅做女装，听大海哥说他曾参加杭州的服装设计比赛得过裁剪一等奖。

可我佩服的不是这个，而是很早就听说他的三个子女读书都很厉害。大儿子从梅城的严州中学毕业后考入了北京外贸学院，毕业后去了美国，在商务处工作，而后回到浙江粮油进出口公司，任外销员，罐头科科长，公司副总经理。后来他干脆辞职在美国工作，现在一家人都在美国。两儿子都是医生。

小儿子是军医大学毕业，在广州工作，是泌尿科专家，后来辞职回杭州自己做生意，现在定居杭州，儿子都很聪明。他大儿子英语特好，做事也非常稳重，和大海哥也是朋友。

小儿子非常聪明，但辞去广州军医大有点可惜了，当时他已经是科室的支柱，科主任的接班人，大海哥说曾去广州他的单位看过他，他在医院如鱼得水。当时广州军医大的王教授（乾潭人）和他关系非常好。这些都是大海哥告诉我的。

儿子有出息才是真的有本事，我想这和寿师傅的家教有很大的关系吧。

装订组的新秀巧花

过了小天井的三进里，一边是装订组的作业间，一边是裁剪组的工作室。

装订组的女工都是大妈级的，我记得和我妈一起在装订组的有杨林阿婆、桂花姆妈、海珠阿姨、麻子阿姨、小庆妈妈。都说女人多的地方是非多，也许我那时还小，体察不到大人之间矛盾隔阂，我看到的都是妈妈和她们处得很好很融洽，不管是工作上的事还是生活上的事，没有过什么口角。

有一年，装订组来了一个年轻的姑娘叫巧花，是到被服社来学裁缝的。学徒工首先要从最低的工种学习锻炼，所以先分到装订组，跟过我妈一段时间干装订活，可姑娘心灵手巧，很快就学会了钉钉缝缝的技巧，后来就去了绣花组，最后到裁剪组跟着师傅一心学手艺，好像是寿师傅带的。

巧花和我妈算不上正式的师徒关系，就像现在我们科室来了新同事，人家尊重我叫我一声"许老师"，你如果真把他当徒弟了，保不准人家还不高兴。可那时人也单纯，看我妈对她好，就把我妈当作她的师傅，行敬师礼，每年给我妈拜年，几十年了一直坚持这个礼数，不仅感动了我妈，也感动了我。其实很早我就叫巧花叫大姐了，我虽有四个姐姐，我妈又给我认了一个姐姐。巧花大姐的聪慧不仅体现在传承裁缝的手艺上，她的为人也无可挑剔。小的时候我就有所耳闻，其实是我妈有私心，她喜欢巧花想把巧花大姐说给我大哥，不知是巧花姐心气高还是什么其他原因，这段姻缘没有完结。巧花姐虽然没做我大嫂，可叫大姐的那份情谊就一直没中断过。年前她又打来电话，说自己阳了不能到梅城看师傅，委托我把过年的礼物礼卡带回家。

其实，我和巧花姐还有个秘密。当年，被服社门店的二楼有个图书室，巧花姐后来接手负责兼管，晚上开放的时候我经常去看书，虽然书不是很多，但对初阅课外读物的我而言是一片新天地。有一本《铁道游击队》就被我借阅好久，可能是太喜欢了，一直没有归还，巧花姐也没有催促过。这可能是我顺书的第一次，所以印象深刻，前几年我还翻到过这本书，看着它让我好一阵子遐思，时间过得真快……

玉带河的前世今生

梅城作为一座千年古府的古城到 60 年代初已变成了古镇，但古代留下的城内水系依然完整，从东到西依次有东湖、宋家湖、江家塘和西湖，从乌龙山顺势而下的水流途径几条沟渠汇集到下半城的水系里。到了 1968 年富春江水库开始蓄水，城外江水位抬高，梅城镇内水系无法直排入江，原来能和城外水系互通的局面被彻底打破，这些城内水系的几个湖几乎成了不能循环流动的死湖。为解决梅城内涝问题，东湖、西湖上游的河道全部改道，直接引入新安江中，不再流经梅城。由于不再承担排水功能，随着经济发展，河道逐渐被覆盖，作为建设用地使用，流淌千年的玉带河陷入沉睡。所以我从小到大见到过玉带河的短暂变迁，那时宋家湖还在，但水质已大不如从前了。周边的工厂居民生活区把工业废水和生活污水都直排到宋家湖里，特别是梅城酒厂每天要排出大量带酒糟味的废水，长此以往宋家湖便成了水质污浊臭气熏天的废湖，周边的居民没人到宋家湖里洗衣洗菜，最多是刷刷马桶，浇浇边上的菜地。

为了改善受破坏的生态，政府也是想尽了办法，在东湖和西湖水系的两头各建水泵房，试图让城内水系重新流动起来，但效果不佳，大概是到了 90 年代干脆把宋家湖给填埋了，建成了农贸市场。直到 2018 年，梅城镇美丽城镇建设正式拉开帷幕。经多方征求规划意见，听取梅城百姓多年的呼声，玉带河恢复工程被提上议程。

填埋容易恢复何其难，经过两年多的建设，玉带河不但恢复了古河道，同时，临水建筑以及沿岸景观带逐步完成。如今的玉带河由东向西，流经水域波光粼粼，东湖与西湖又成了古城熠熠生辉的明珠；从南到北，正大街串联起澄清门与严州府城楼，十座牌坊顺次铺展，满街青石板光亮如镜。玉带河畔"有家皆掩映，无处不潺湲"，古城墙外"野旷天低树，江清月近人"，一幅流动着的富春山居图缓缓流淌……走在玉带河畔，刘伯温笔下的古严州气息扑面而来。

如今玉带河上的"哒哒"声不是缝纫机转动的声音，而是穿梭在这条翠绿玉带上的游船摇橹声。

有趣的补充

此篇作为微信公众号推文发出后，大海哥又发来信息，补充了他的亲历更正了我想当然的错误。这些留在一代人记忆中的宝贵的民间叙述如果不能真实而完整地记录下来，那以后编写的建德商业志建德二轻志是不完整的。

其实被服社与曙光服装社原来是两个单位，被服社是老单位，曙光是 1966 年成立的，原来从事个体服装加工的（裁缝）全部集中到曙光服装社上班，不能搞个体。一共有三个门市部。后来在 70 年代初期并入被服社。当时被服社为了开拓业务（当时每人每年只有 3 尺八寸布票）成立了针织厂，在原来标牌厂的位置，前期主要是生产纱手套，烂纱针织衫。后来业务扩大了再搬迁到东湖边，大坝脚这里。

当时主管部门是手工业联社（就是二轻局的前身）。

70 年代初被服社，皮鞋厂，理发社是一个团支部的。我们戏称，梅城从头到脚都在一个支部。

被服社的剪刀都是专人磨的，单位记账每月结算，那磨刀人技术是梅城最好的，检验一把剪刀磨得好不好，剪扣眼不拉丝，是磨得最好的。我妈有段时间也是裁剪组的，有时候剪刀磨得不是很好，就拿回家我磨。

当时被服社修缝纫机的大老张师傅技术是杭州地区有名的，水平很好，他和我也是忘年交。

2023 年 1 月 18 日

食忆里的往事：请客

　　每年的春节一过，妈妈总会挑一个合适的日子，趁爸爸还在家的时候，开始张罗请客的大事。那一天，必定叫上舅舅、叔叔和姑父到家里来吃上一顿酒，把过年剩下的最后一点好菜统统端出，做一桌有几个硬菜的家宴，让四个男性长辈好好吃一顿。吃其实在次，主要是让在梅城的长辈到家里聚一聚，谈谈天，把各家今年要办的大事提前说说，出谋划策也罢，预先告知也罢，出钱出力也罢，把事情放到酒桌上一说就是大家的正事了，这也是亲戚之间联络感情的一种民间方式。

　　这一天，在家难得下厨的父亲会亲自掌勺，妈妈当下手，买菜洗菜，准备食材。炉膛烧火归姐姐们把控，叫人的任务一般就派给了我。

　　姑父家最远，住龙山北门头电子管厂家属区的附近。小时候走二里地都感觉是天路，走出家门，沿着府前街一路小跑到冶校门口，再往右一拐抄小路沿着冶校围墙的墙脚走到姑父家。走这条小路虽近了几步路程，可得防备从边上人家里突然窜出的大狗来拦路，所以每次走这条小路我总是战战兢兢的，一路小跑以图快速逃离。

到了姑父家老屋前已是气喘吁吁，走进屋里，看见姑妈就上气不接下气地喘呵：

"姨娘，姆妈叫姑父到家里去吃夜饭。"梅城人叫姑妈都叫姨娘。

姑父坐在房间里的一角在火炉上烘火，听到我的声音朝我笑笑："好咯，好咯。"

我也不做停留，要跑第二家走大路到住双桂坊的叔叔家传达吃饭的消息。临走前，姑妈总要抓上几把放在桌上盘子里的花生瓜子糖果往我袋子里塞，算是对我的奖赏。

叔叔和婶婶都胖胖的，走到家门口时，他们好像已经事先知道我要来通报吃饭的消息似的，齐齐地站在小院里等候。没等我说话，叔叔就开口了："到你家吃夜饭吧？"叔叔是个石匠，不是算命先生，他咋知道的？小时候不懂什么叫"惯例"，平时叔叔家也去得少，你这难得一去大人还不知道个究竟啊。

外婆家原来和叔叔家挨得近，住原来的绍兴会馆，后来舅舅自立门户造新房搬到了建德林场的大门口的路边上，走过来也就几十步的路。到了舅舅家，我才全身放松，消息传达完毕，可以在舅舅家玩耍一会儿了。"嬉在阿婆家，吃在舅舅家"，其实外婆舅舅就是一家，那时外婆有七十开外了，是个小脚老太婆，虽归舅舅抚养，和我们也是亲如一家。穿着蓝布对襟棉罩衫的外婆，胸前必定围着一块一年到头都不会换下的土布围裙，围裙下手捧火熜焐着，瘪嘴巴嘟囔着："新宇来吧，新宇来吧。"我则亲昵地迎上去叫"阿布阿布"不停，她耳背头像拨浪鼓似的点头。舅舅在家里的威严从他那相貌堂堂不怒自威的脸容上不经意地表露出来。我这三个梅城龙山社的农民长辈，年轻时都有自己的故事和经历，特别是舅舅，他是徐家三代单传的独苗宝贝，被我外婆娇生惯养，从小立下"三不规矩",即不下地、不唱戏、不当兵,就是很早给舅舅定下了人生目标,不当庄稼汉不做戏子不被抓壮丁。当年如果外婆明智不把舅舅拴在身边,放手让他去读书或闯江湖,他的人生或许会是另一番景象。不过因此舅舅的一生也没吃到多少苦,虽是农民真不用下地,农活都是舅妈和大表哥干的,家里还是舅舅作为一家之主他说了算。别小看我舅妈,她可不是一般的家庭主妇,她自己在梅城星火仪表厂有一份固定的工作,很早就入了党,还当过厂里的车间主任,回到家一样听舅舅的。每天下班回家还要挑着粪桶到梅城二院前面的一块菜地里浇肥,那是社里分给舅舅家的自留菜地。

农民不下地干活靠什么过日子?原来舅舅是龙山社副业队的会计,每天在家里办公,核算副业队的账目。当年的梅城有两三个搬运队,一个是属于航运公司的搬运站,有板车和机车,那些工人是拿工资的;还有一个龙山社的副业队,只有板车负责梅城南门货运码头的货物装卸运输的一部分活计,当年梅城南门的码头上真是一派繁荣的景象,江上百舸争流,过往的船只成排成队地停靠在岸边。

副业队这种粗放式靠力气干活的原始货运,在以前也是要靠本事去挣得一块属于自己利益攸关的地盘,获取社会的默许。把副业队比作地头蛇或许不太恰当,可在梅城谁也不敢惹他们,靠体力活吃饭,又不敲诈勒索,他们有农民的本分,也有类似袍哥性质的江湖豪气,是一种抱团取暖似的集体组织。就因为能揽到这些活,便多了一份活钱,他们的日子比一般的农民要滋润。他们的收入是每天结算的,交给大队一份,小队自留一份,剩下的干活的人各自按比例分成。每天活干完了,一般在下午在梅城十字街头的梅城饭店里总能见到他们的身影,喝酒划拳,喝茶聊天。

他们副业队还有个别称叫"兄弟班"，龙山社后来叫龙山大队，社里每户人家的红白喜事几乎全由兄弟班操办，这也是有能力有担当的表现，活也不会白做，香烟老酒一年是吃喝不完的。

舅舅就管账，不用去拉板车，也不用去抬棺材，吃喝却从来少不了他，每次的酒席几乎都能坐到上座，在家几乎每天必喝酒，他因此有个"酒鬼"的绰号。做农民像舅舅这样逍遥自在的，我看在梅城也是为数不多的。

说了这么多，该叫舅舅来家里吃晚饭了。

由妈妈张罗的这顿家宴是过年的最后一次盛餐，必定是丰盛的。父亲当年在建德医院的食堂当厨师长，每年会给家里捎来一些过年的好食材，由他亲自下厨的家宴也必定有几个拿手菜呈现：白斩鸡、酱牛肉、炸响铃、糖醋里脊、三鲜发皮汤、红烧全鱼……

菜差不多都快上齐了，姑父叔叔都已经到了，还不见舅舅的身影，妈妈又招呼我去舅舅家看看。其实每次请客，舅舅都要迟到几分钟，再叫一遍也是对舅舅的尊敬。在梅城的习俗中，舅舅的辈分最大，家中的酒席他都无一例外地坐在主桌上"上万头"的座位上。

舅舅家离我们家只有几分钟的路程，从府前街上拐到总府后街到林场门口一溜烟的工夫。再次走进舅舅家，其实舅舅已经准备停当，穿着过年的新正装，披上呢大衣，往大衣口袋里塞进一包过年没抽完的好烟，气宇轩昂地走出家门……

我又去找表弟明明，偷偷地说："明明，夜里昂家里有好菜，一起去吃吧！"

2023 年 2 月 3 日

　　程建军从小是外婆带大的，一直跟着外婆过，我上初中的时候和他同学后才认识他，往后这么多年，只见过他母亲，却从没有见过他父亲，他的父亲是谁，有点讳莫如深，那时还小，也不稀罕去追问这些。

　　上初中的时候，读书在次，玩性脾气相投很容易走到一起结成死党。到初三的时候，那时还不叫中考，基本没有升学压力，凭成绩能读书的自然继续深造，不想读书的早点混入社会去学手艺或是去找工作。我们四个死党：钱建铭是老大，长我两岁，董谊良初三的时候再读一年到我们班，那时留级是不能说开的事，为了再考选择复读，就是多读一年初三。按年龄我居老三，程建军是"八一"生的，比我小了几天，只能位居老四。那时他个儿高瘦，人也帅气，有几分许文强的气息，也颇自得意。也记不清拜过关老爷没有，到了初三我们四个就以兄弟相称。这是我们在梅城区校读初中时的往事。

　　那年初中毕业，我和董谊良都因外语成绩太差，没有考上梅城的严州中学，那是有百年校史的省级重点中学，考上了在县城的新安江中学。当年建德教育资源最好的不在县城白沙镇，而是在梅城。所以到县城去读高中我和董谊良没有一点的喜悦心情，但也不至于过于沮丧，还有很多同学连高中也没有考上，像钱建铭就选择不再继续读书，到他父亲的单位梅城搬运站去当学徒；程建军考上了校址在寿昌马坪庙的建德工业技校去读烹饪专业，可以想见他以后的路提前确定了。初中一毕业相当于各奔东西。

程建军不像我和董谊良到新中报到还带着沮丧，他从没觉得上技校低人一等，欣欣鼓舞地去寿昌报到了。从以后在我们面前有点趾高气扬的神态可以看出，仿佛一个大厨将横空出世，言下之意到时候你们俩考不上大学还真不如我，至少我一毕业工作不用愁。

高中三年我基本上是混，他却踌躇满志为成为一个大厨在奋力学艺，也颇得他专业老师的赏识，成为那一届技校烹饪班的佼佼者。实习分在新安江的罗桐山庄厨房，那是建德旅游产业刚起步时政府着力打造的对外高档宾馆，前途不可小觑。

天有不测风云，可能是太过张扬，毕业分配小程分到了梅城供销社食堂，这对他的打击太大了，就像那些年播放的《排球女将》中的晴空霹雳一样给人以致命一击。要知道当年烹饪班的就业形势相当不错，建德旅游业方兴未艾，各大宾馆纷纷要人去充实厨房一线，还有各个市属县属国营企事业单位的食堂也在招人，像杭橡、新化、建化、建德啤酒厂，都是我们高考落榜想招工进取梦寐以求的好单位。唯独他分到一个快要日落西山的供销社食堂，单位吃饭的就是供销社招待所的员工和顾客，废品收购站的职工本来就少得可怜，加上附近搭伙的也就几十个人，怎么大显身手，真是一个难题。

没有顺风顺水，也没有自甘堕落，年轻的心还是争强好胜，小程去找领导要求承包食堂，当年新鲜事物层出不穷，不大不小的食堂在效益不好的单位有时就是个包袱，现在有人接盘就让他去折腾吧，我估计当年供销社领导就是这样的心态。承包一事谈妥后达成协议，虽要交一定承包费，但人却自由了，相当于自己给自己当领导，只要安排好一日两餐，变点对外营业的花样，做起了供应快餐的营生，那时还不叫快餐，就是食堂对外开放不用饭菜票，饭菜随便打，直接现金交易，晚饭过后一结算，多少还是能赚点小钱的。而小程最感兴趣的是到社会上接活，哪家要办酒席先是他去找人家，到后来是人家来找他。婚丧嫁娶之事是百姓的大事，那时大多数人都在自己家里操办，请个大厨，分配几个帮手，菜食材依据大厨的要求自己去农贸市场采购，一切顺当，一件大事就办成了。所以当年的大厨很吃香，除了东家开的工资，有时还有整条的香烟可得孝敬。那几年我待业在家，闲得蛋疼，跟着小程走东家串西家。跟着厨师吃香的喝辣的，把我原先的食物链给打破了。

从小家里要拿鸡做菜，不管是生炒还是炖汤，或是做白斩鸡，鸡头和鸡爪是轮不到小孩吃的，依我舅舅的说法，小孩吃了鸡爪上学写字会七扭八歪，不得体统；鸡头上有鸡冠，小孩吃鸡头长大后容易怒发冲冠，会犯错误。听听也有道理，想想鸡头鸡爪都是骨头，有啥吃头？还不如鸡腿好吃。后来才知道，像舅舅这样的老吃客知道鸡最好的部位在哪里，鸡爪鸡脖子都是活动频率最高的部位，做成菜是最好的下酒菜，哪能和小孩分享。他们不爱吃鸡腿是因为年纪大了，牙口不好，肉厚的木肉容易塞牙缝，便入不了他的法眼。跟了小程后，办酒席的下脚料经常被他打包回来，从那时起我才改变了对鸡爪鸡头鸡脖子不遭小孩待见的看法，也学会为我所吃，还吃得津津有味。

找到了生财之道，有了外快荷包鼓了起来人也容易思变，食堂承包不足两年，庙小碰到心气高，怎么能留得住能人。小程不想再干，一下狠心向单位提交了辞职报告。这个决心不太好下，80 年代改革的春风虽然吹了好几年，但要脱离单位辞职单干，相当于放弃所有的保障：工资、奖金、住房、养老，等于到社会上白手起家。可上帝关上门的时候同时又会打开一扇窗，撑死胆大的饿死胆小的，机会总是为胆大的准备着。小程辞职后到梅城的三星街庙弄路口开了一家饭店，取名叫"真不同"，垫上他那两年赚来的外快，简单装修后开始营业。当年的梅城街面上叫得响的饭店除了梅城饭店就是三江楼，先是正大街上开出了一家做梅城本帮菜的个体饭店"和兴馆"，再是小程的"真不同"，生意不说有多少红火，钱委实赚了不少。刚开张的那段时间我经常光顾他的饭店，有时帮忙干点活，大部分是去蹭饭的。

不知什么时候他弄来了一把气枪，空闲的时候，到野外树林里去打麻雀，弄回来一碗的量，晚上忙完厨事便开始琢磨怎么烧麻雀肉，我到场肯定要先尝尝鲜，常言道"一只麻雀可以烧一盆汤"，从此对野味有了舌尖上的记忆。气枪不光打鸟，看厨房里经常有硕大的老鼠窜出，程拿起气枪对准目标"嘭"的一枪毙命，老鼠也成了他的盘中餐。第一次吃小程用红烧之法，加足了佐料烧成的老鼠肉，酱色红润，肉香四溢，他也不说是啥肉，叫我尝尝，用筷子夹了一块肉放嘴里咬嚼，肉质有点紧绷，味道还不错，又夹了一块，好吃！

看我吃得有味又迷糊，小程残忍地揭开了谜底，一听是老鼠肉，刚吃到肚子里一团泥肉一下子又翻了上来，我掩住嘴，"呕"的一声，还是吐了一地。

"我不说老鼠肉，你吃得好不过，说明好吃。一说老鼠肉，你就要吐，这是你的心理反应，你看我吃。"他拿起筷子向盘里夹了块肉往嘴里送，故意吃出声来，"怎么样？再尝尝？这老鼠肉是两广人的心头好，吃得很普遍，烧得好不比一般的野味差。"

我得平复一下情绪，这多年形成的饮食观不可能一下子打破。我看了又看，想了再想，不就是老鼠肉嘛，有什么大不了的？重新再吃了一块肉，有点囫囵吞枣似的，但没敢多吃。那天晚上回家，总觉得肚子里的蠕动怪怪的。

直到写此文，查了百度，对老鼠肉有了新认识：

老鼠肉是一种高蛋白质，低脂肪的肉类食材，它还含有多种人体必需的氨基酸，能促进人体代谢，提高身体机能，老鼠肉中微量元素硒的含量还特别高，这种营养成分不单是天然的抗氧化物质，还有很强的抗癌排毒作用，人体吸收以后可以延缓衰老，也能提高男子精子活性，还能预防多种心脑血管疾病的发生。

但老鼠身上带有多种细菌和病毒，且不易杀灭，用来饮食确实会带来疾病风险，不好提倡吃食。不过有了这样一次经历，以后小程拿猫、蛇、狗做食材，烹饪后的菜肴吃起来反应就没这么大了，慢慢也接受了两广人"只要是天上飞的，地上跑的都能吃"的饮食观。

开出了"真不同"，小程精彩而又多舛的人生从此拉开了序幕。以后的经历，我或多或少参与其中，以后再慢慢道来。

2023 年 3 月 25 日

食忆里的往
事：邻里

家住梅城府前街，"文革"时改名"胜利北路"，后来又改回原名，家门编号12。

府前街是梅城的一条主街，也是一条老街，它一头起始于梅城最繁华热闹的十字街头，一头连到旧府衙门口，故名"府前街"。旧府衙在我儿时的记忆中，还尚存城墙门洞，上面的谯楼已废圮，后来这里成了从宁波搬迁到此的浙江冶金专科学校的校址。

府前街不同于南端相连的正大街和南大街，那一头从水路码头进出的南门头，当年水路繁忙时代的城门外，还有黄浦街和棋盘街，南来北往的外乡人，在此停歇，也在此出发，那里就成了梅城商贾云集，商店林立的商业中心。

虽同在一条中轴线上，居上半城的府前街却以文化氛围浓而著称，等我出生后的六七十年代，一条街上还有印刷厂、文化馆、照相馆、说书茶馆、新华书店、梅城电影院、梅城医院、冶校等单位存在。这条街的特色是民居与店面混杂，有的地段民居相连，一字排开，就形成了左邻右舍的居民邻里关系，分也分不开，它不像大杂院，每家像包饺子一样包裹在一起，因为临街，天生有开放性，虽近又远，距离感与亲疏关系有地理上和心理上的不同感觉。

二

60年代末，我就出生在这条街上。我的家离十字街头近，处在梅城饭店、太平桥小吃店（就是梅城饭店的饮食部）和府前小吃店的美食金三角的正中。所以，我这么钟情于"吃"，是从娘胎里带来的，生长在这样的地界，想不贪吃都难。

我家的老屋大概建于民国年间的后期，很普通简陋的砖木结构平房。我家的左邻是吴家，他们家的房子造得比我家房子早几年，标准的两层砖木结构房，当初我家造房子的时候，为了省一堵墙就依靠吴家的墙面搭了起来，可见当年两家的关系，那时邻里的和睦，真是亲如一家。但倚墙而建，屋檐不可能高过邻家的道理，所以我家就矮了他们一截，有人在屋檐下的心理阴影，从后来两家子女成家立业的结果看，吴家子女大多有出息，出了军官、局长、厂长、院长……而我们家兄弟姐妹大多事业平平。

吴家主人吴伯是从温州老家走出来的手艺人，靠弹棉花谋生，娶了娘家在桐溪的邹妈妈为妻，就这样生活在梅城府前街上与我们家为邻。我们家低矮狭长，两家的厨房却紧挨着，也不知是谁出的主意，厨房相隔的墙上，居然开出了一个小窗，用砖头相搁拼出梅花形的花窗。吴家的厨房一角，靠花窗的下面，有一口通天的小天井，不足一米见方，是屋檐下水和厨房倒水的下水道，所以我家厨房借此小窗可通风，也方便两家在烧饭时，可互通有无，以备哪家油盐酱醋盐一时之缺的应急调剂，也成全了好吃好菜通过小窗传递的分享品尝。

谁叫梅城当年是古府睦州的府治之地，在这里住久了，大家都深谙远亲不如近邻的道理。

小时候，我常常被吴家厨房里烧出的好菜从小窗溢出的菜香诱惑过，突然闻到之后直吞口水，自言自语：他们家又烧啥好菜了？我喊邹妈妈叫"建华姆妈"，建华是吴家的小儿子，和我的四姐同龄，也是我的小哥哥。有时，建华姆妈在厨房烧菜时，缺盐少酱时，也会透过小窗高声喊我："新宇，帮我去打瓶酱油。"那活我忙得屁颠屁颠的，说不定到时候的饭桌上又会得到一块红烧肉的奖赏。

那时，住在府前街的街坊都作兴背饭碗，就是在自家盛满一碗饭，添好菜盖在饭头上，喜欢离家出走，走西家，看东家，看看别人家的饭桌上吃的是什么菜，如有好吃的，夹一筷子尝尝味道，大家都不介意，这样一碗饭很快就报销了。现在看来，这样行走吃饭的习惯虽然不太文明，可大家都这样，饭桌上有邻居加入的谈笑，有左邻右舍食饭时的互动，有好菜相互端来送去的共享，和睦相处的邻里关系就是这样慢慢地形成了。

建华姆妈心灵手巧，又极爱干净，烧家常菜我总觉得比我妈的厨艺要高出一筹，她烧的菜更好吃，她包的粽子更入味。清明节来临，家家户户包清明团子饺子，清明粿用模子压，清明饺却要用手起出花边，建华姆妈做的清明饺包边像做衣服的便襟，要整齐而灵动漂亮，一个个做好了摊在竹筛上，煞是好看。小孩子在边上看大人操劳，就想等着蒸出第一笼的清明团子能趁热吃上一个，烫得嘴角流油也不管不顾。

三

我家的右舍是余家，我们两家并不相靠，他们家的前面有块空地，房子建在我家最里的墙角，是带大门三进式徽派建筑老宅，进门就是天井，两边是左右对称的厢房（我们叫侧间），二进大堂，两边是卧室；中堂背后是木楼梯，二楼我记得没上去玩过；三进过门是厨房和柴间，是很标准的殷实人家房子格局，后面还带一小院，古藤老树缠绕，盘根绿叶。小院里还有一口老井，自取用水，方便极了。在家家没有通自来水的年代，府前街上的居民都要到照相馆对面的六眼井边去洗刷，去挑水回家备用，自己家有一口井真是羡慕煞我们了。夏天可以吃冰镇西瓜和汽水，打水上来，一桶水从头上倒下，洗澡冲凉就在自家后院，那有多爽。他们家后院还留了一个后门，平时虽然常关着，可一打开就紧挨着邮电后巷，后门与原梅城区委的大院隔墙相望。此小巷两头通，一头连着总府街，一头连着总府后街，出行很方便。

余家的老宅大概是祖上留下的祖产，据说余家三代是厨师，到和我父亲同辈的老余也是梅城鼎鼎有名的大厨，在多个单位做过厨师，听说还与我父亲有过短暂的共事经历。

余妈妈在豆腐店上班，自己会做豆腐。退休后，就在自己家里开起了豆腐作坊。他们家的房子结构好，厨房加柴间的面积大，整理一下，做豆腐坊绰绰有余，加上自家有口井，做豆腐要用的水可是取之不尽哦。

那时已是 80 年代，我已离家到县城上高中，回家的时候，清晨起床，总能闻到余家从高墙上飘过来的豆香，"余音袅袅"，不绝如缕……

四

我家真正窗户对窗户的右舍是张家，他们一家人多半是裁缝师傅，和我妈妈是同在被服社上班的同事，住在一条街上又是邻居。我叫张家妈妈为"樟英姆妈",以前曾写过文章记叙和他们家的交往,那也是记忆里的往事,一幕幕时常浮现在我的眼前,如今张家二老都走了,那老房子还在,新房子又重新装修了。我记得那时他们家很会吃,经常有大鱼大肉改善伙食,樟英姆妈经常会把好吃的盛上一碗端到我家,让我们分享她的家菜。80年代,张家老爷子退休在家,熟人熟客都会找上门来,到他家定制出客衣、生日服、婚嫁装,那几年他家制服业务繁忙,生意兴隆,根本不用门店,活都接不过来。我妈妈会翘边、缝扣眼、钉扣子,在被服社就干这活,下班后忙好家务,有空也会帮张家应揽这些细活。

活计多了,条件好了,张家自然懂得吃喝,也舍得改善伙食,我家和张家因为这几层关系,走得近,也分享到一些别人家的美食美味。

岁月悠悠,如今的府前街早就改变了旧模样,街上的邻里,老的一个个都走了,他们的后代也早就离开这里,星散四处,成家立业。每次经过老街,旧时光的夕阳仿佛一下子照到我的记忆深处,有关老街坊的往事,有关食忆的印象,浮现后的黯然神伤,暗叹:从前,真的回不去了……

2023 年 8 月 31 日

食忆里的往事：梅城饭店

一

建德古玩圈内如有高手，老蒋算得上一个。他开在牛头山脚的古玩店"觅古轩"早已成了新安江藏友的茶舍和铲地皮的老物件中转站，经常能在他的柜台里见到一些本地难得的老物件。

去年有一天，我去觅古轩，一众人在店里聊天谈笑。进店后，我的目光却移到了柜台里，惊奇地发现里面陈列着十几枚老梅城饭店的食品筹子，有饭点、面点，用塑料袋密封成一板放在角落里。那个儿时异常熟悉又多年不见的代表着人间美味的小玩意，当年拽在手里就是唾手可得一碗香喷喷的米饭，一碗垂涎欲滴的面食，一碗圆咕隆咚的汤圆，一碗香气扑鼻的汤年糕……筹子是用胶木制成的，比纸质塑料耐用，五颜六色，形状各异，它可不是卡贴玩具，是能够真正果腹的神奇宝贝。这些筹子一下子唤醒我记忆里的往事，那可是老梅城饭店的旧物，怎么会在这里出现？

二

2019 年 3 月 15 日的《今日建德》刊登了这样一则新闻简报：

昨日，坐落于梅城镇十字街口西门街 1 号的"状元楼"开始动工拆除。"状元楼"修建于 1973 年，当时为商业局下属地方国有企业梅城饭店，1999 年改制为私人持股的状元楼商业有限公司，主体三层建筑，面积 1540 平方米。

现场经工程机械车自上而下拆除房屋，同时进行洒水防尘，周边设置了防护网、钢架挡板。百余名工作人员参与交通管制、交通传导和安全警戒，实行封闭式拆除作业，整个拆除工作安全顺利。

一座承载着几代梅城人美食记忆的建筑就此灰飞烟灭，我没有前往现场观看，听说当时有不少梅城人在作业现场周围驻足围观，对这座当年梅城标志性建筑的旧楼房投以最后的注目。

那几年旧城改造在全国全面铺开，梅城这座已没落近半个多世纪的古城迎来了最大规模的改造，梅城饭店地处中心地段，根据规划，自然逃脱不了被拆除的命运。

建筑可拆除，记忆却不能随之烟消云散。

三

据成书于 1985 年的《建德县商业志》中记载：

梅城饭店于一九五八年经建德县人委会批准为地方国营，坐落在西门街，分饮食、旅馆；骑街相对，街南饮食部，街北旅馆，前三层楼，后二层楼。有大小 43 个房间，70 张铺位。饮食二层楼房，楼上楼下，两个餐厅，可摆十五张餐桌，工作人员 22 人。

1974 年 1 月，梅城十字街口西南侧新建饮食旅馆一幢，面积 1430

平方米，投资 85，371 元，一楼饮食可摆 30 张餐桌，二三楼旅馆，有大小房间 17 个，铺位 81 张。

1980 年，在西门街旅馆后面，拆除浴池旧房，新建楼房，设有旅馆，旅客餐厅，个 1744 平方米，投资 202，550 元。厅可摆 13 张餐桌，旅馆有大小 58 个房间，98 张铺位。

1982 年，在正大街拆旧房，新建四层楼房 509 平方米，投资 58，446 元，饮食可摆 5 张餐桌，楼上为职工宿舍。

商业志上的简要记录，道出了梅城饭店的发展变迁。

四

看见这些老梅城饭店的筹子，真是五味杂陈，童年的记忆是深刻的，童年的欢乐也是简单的，为了能吃上一碗饭店里的面，饮食店里的一碗馄饨，可以装病，那不过是一毛钱一碗的光面或是馄饨，平时也不容易吃到嘴里。

我问老蒋这东西怎么卖？"十元一个。"这个世界的变化真的让人不可思议，半个世纪前的东西也成了宝贝，筹子不过是当年购买食品的凭证，就是它当时值一毛钱，到现在十元一枚，涨了多少倍？还仅是凭证纪念，已经买不到当年垂念的美味了。

五

要说梅城饭店的往事，给我印象最深的是独眼龙"包子嘴"，精瘦单眼嘴翘是他的生理特征，他是饭店里的面点师，专做包子，才得其诨号，包子做得好倒是其次，他最拿手的是会讲故事，心怀水浒三国西游记，熟记七侠五义包青天，他自成一家的说唱艺术集民间口技、严州方言和面部表情变化丰富，擅长用语调控制气氛，一说起故事便绘声绘色。其实，他说得最好的还是《聊斋》鬼故事，那是经过他自己的演绎，一出出鬼故事说得活灵活现，曾经把夏夜在家门口乘凉的小孩，听得汗毛孔直竖，也不怕天热听到心惊胆战时便一头钻进大人的怀抱里躲避恐惧。

包子嘴还有一绝活，每天肩挑一担豆酱，脑袋上顶着几笼包子，不用手扶，行走在大街上，边走边手舞足蹈，热气腾腾的包子稳稳送到饭店分部。

六

梅城饭店留我记忆最深的还是它的饮食店，就在饭店对面，也在太平桥的边上，专营早餐和小吃。

视梅城饭店为美食天堂似不为过，先不谈主打的菜肴系列，仅小吃一说也够热闹的，我们先聊聊最具梅城特色的小吃。

建德豆腐包

现在建德将豆腐包作为地方小吃主打建德地域饮食品牌，已初见成效，但能否有长效机制还不好说，虽然有了统一的标识、制作标准，营销到外地，当地人是否认可尚不知，毕竟食材的配料、早餐的饮食习惯各有不同。

我最早吃到的豆腐包不是现在这个样子的，不同在于内馅的配料。用的不是水豆腐，而是老豆腐切丁和咸菜同炒半熟，加葱花红辣椒，起锅备用，包法类同。

唱的虽是一出戏，但舞台不同了，效果有差异。

严州烧饼

午后的饮食店里会用烤大饼的炉子，由师傅会准时地烤出一个个金灿灿，一面带着芝麻的严州烧饼放在柜台上售卖，好像五分钱一个，外加一两粮票。

我上小学时，放学后要到将军弄（班房弄堂）的周建彪家里做家庭作业，因为几个家住府前街的同学组合成一个学习小组，大家凑在一起做作业，打闹，找周家的零食吃。闹完回家，看妈妈还未下班，放下书包直奔妈妈上班的地方——梅城被服社，也在太平桥边上，离梅城饭店只有几步之遥。有时，离下班还有一段时间，妈妈所在的装订组有的同事会为某件喜事而请客，采买严州烧饼的任务就分派到我头上，一人一个的烧饼我也有份。手捏钱票，急不可待地从后门沿着玉带河飞奔而去，要买刚出炉的烧饼。烧饼烤香四溢，干菜扣肉的内馅趁热吃，咬在肥肉上呲呲作响，一个烧饼囫囵吞枣似的一下子入了肚中，边走边吃，真想再吃一个。

梅城馄饨面

馄饨面不同于兰溪的手擀面，虽然也是用手工擀制，但它的皮面更薄更软。最初是做馄饨皮有剩余，为了不浪费干脆切成面，没想到煮成面却别有一番风味，关键是在光面里加了提鲜的雪里蕻和熟猪油。我小时候吃到最入味的馄饨面，是在梅城饭店的饮食店里吃到的，看似清汤寡水，可味就是鲜香。这种最初入胃的味道一辈子也忘不了，类似于原味，后来吃到浇头更多的馄饨面就是没有那个味道。

还有一种馄饨面，是面与馄饨同煮，我在扬州早茶上吃到过一次，梅城南峰有家小吃店也是这么煮的，这似乎不是梅城的特色，吃上一次倒也不坏，但馄饨与面毕竟是口感口味不同的面食，混搭在一起会搅乱品尝的单向性，如果为了吃饱，倒也无妨。

梅城馄饨

薄皮沾肉，用手一卷的馄饨，看似随心所欲，成就一碗地地道道的梅城馄饨可不是一件容易的事。

馄饨可谓是天南地北都有的名小吃，有的地方叫云吞，有的地方有大馄饨小馄饨之分，在金华吃到的大馄饨如水饺，馅用豆腐肉末加葱花，外形卷曲成元宝状。但我吃到最好吃还是在梅城饭店饮食店里吃到的馄饨，清爽鲜香。馄饨最忌糊口，和擀制面皮、捞汤水质、捞煮时间有关，深谙此道的小吃师傅总能恰到好处地捧上一碗热气腾腾的馄饨在你面前，如果边上有油条卖，把油条就着馄饨，可撕下油条一小段段入馄饨汤里，与馄饨同食，也是一种"一条二吃"，是最少花钱的讲究，和放入咸豆浆的吃法一样，真正的异曲同工。

梅城大饼

梅城的大饼品种多，最常见的大饼是用炭炉烤出的长条大饼，经发酵过的加盐面团揉压成长条状，撒上葱花后再覆盖成型，两面涂上菜油，一面撒上芝麻，师傅两手用水一沾，把切段的长条贴炉膛内壁烤黄即可出炉。这种葱花大饼切开或掰开夹油条是绝配，再打上一碗豆浆，特别是豆花散开的咸豆浆，一份这样的早点下肚，便趴饱了，特别能耐饥。这种大饼夹油条的早点在江南颇为普遍，我在杭州、上海、天津和苏州等地都曾吃到过。而在梅城做大饼油条早点生意的师傅要不就是兰溪人，要不就是靠近兰溪周边的建德人，这手艺大概是从兰溪方向传过来的。以前肉贵，又要凭票供应，所以小时候没有吃到过夹肉的大饼，不知什么时候街面上的小吃店便多了一种夹肉的大饼，制作方法和做葱大饼差不多，只是饼中间夹入了剁碎的肉馅，还是加了辣椒干的肉大饼。

像上面提到的葱大饼如果用油煎加水焖熟，就是葱饼了，也有葱肉饼；做成圆形的有豆腐饼、咸菜饼、缸豆饼，还有用糯米粉做的甜饼煎粿，都在饮食店里尝到过。

从小吃到的小吃，以早点为主，滋养了我一生的美食记忆：

炭炉烤类：大饼（葱饼、肉饼）、烧饼（干菜烧饼、小酥饼）、烤饼（肉烤饼、干菜烤饼）、烤地瓜、烤玉米；

蒸类：蒸饺、花卷、蒸肉圆、烧麦、包子（豆腐包、肉包、干菜包、冬瓜包、包心菜包、豆沙包、芝麻包）、发糕、馒头；

油煎类：生煎包、生煎饺、生煎饼（油葱饼、肉葱饼、缸豆饼、咸菜饼）、荷包蛋；

油炸类：油条、麻球、油（牛）舌头；

面食类：馄饨面、手擀面、素面；凉拌粉、凉拌面；炒粉、炒面；

豆浆（淡豆浆、咸豆浆、甜豆浆）、豆腐脑、豆奶、稀饭、地瓜粥、菜泡饭、年糕汤；

时令类：清明粿、清明饺、粽子、千层糕、麻糍粿、汤圆、月饼、夏季冷饮（棒冰、雪糕、冰激凌；水晶糕、赤豆汤、酸梅汤、银耳羹、甜酒酿、八宝粥）；

其他：糯米饭、鸡蛋馃、油沸馃、疙瘩酥、面疙瘩、糖炒栗子。

即便是在物资匮乏的年代，聪明的严州人还是会想尽办法变着花样制作出古城百姓喜闻乐见的各类小吃，有口福的人似乎是从小就养成的。

七

要说去梅城饭店最多，还数我舅舅。饭店曾经是龙山大队（村）副业队议事的约定地点，那里有他们固定的饭桌，舅舅在副业队里管财务，是核心人物之一。副业队忙好上午的作业，下午不约而同地会聚在饭店里，每人至少一斤黄酒，边斟边饮边议，与其说是酒局还不如说是下午茶，下酒菜是不讲究的，有时简单到了要几个刚出炉的热烧饼佐酒，话题无非是当日的进账，第二天的任务分派。副业队还有一个不成文的身份，我知道的就是人说龙山大队的"弟兄班"，听似有点江湖义气的民间团队，实际是他们把控着整个大队每家每户的婚丧嫁娶，由他们出头操办大事。谁当总照料，谁分派茶事、厨事、糖烟酒、做媒、接亲、收礼、司仪；选址、入殓、出殡、抬棺、下葬、修坟，诸多事宜都要在桌面上说清楚，实际上起到了民间公益组织的作用，但也会得到东家的回报，至少烟酒是少不了的。

每每家里有点好菜，我妈妈就会想到舅舅，叫我跑腿叫上舅舅、叔叔（我叔是石匠，有时也在副业队里帮活）到家里来喝上一口。如果舅舅不在家，保准能在梅城饭店里找到他，后来我也学聪明了，如果只叫舅舅，就直接去饭店找他，大致不会落空。

关梅城饭店的往事还有许多，就像一个记忆的深潭，越挖泉水越加涌动，那些抹不去的有关老梅城的故事生动又有趣，值得好好写上一笔。

八

梅城人有点自大，特别是上了年纪的中老年男人，以前总能听到他们自称"党老伯"。大伯这个辈分在所有辈分中年纪是"最大"的，这怎么理解？大伯的年纪能大得过爷爷奶奶外公外婆？可能的，现在的年轻人根本理解不了，在以前多子女的家庭里，有的小孩一出生就当叔叔舅舅了，年纪比你大，辈分却比你小。同一家族的年纪差不多大，辈分却差好几辈的都有。但只有大伯大姨的年纪一定比自己大，因为他们是父亲的亲哥哥、母亲的亲姐姐。

所以，"党老伯"在梅城人眼里有"老子天下第一"的隐喻，这可能与梅城曾经是严州的州治府治所在地有关，是正儿八经的"城里人"，有点城里人的优越感也不奇怪，就像上海人看其他地方的人都像乡下人一样。

梅城老伯的这点小毛病也算不了什么，总的来说对人平和宽厚，就是对待残疾人精神病患者也一样。

早些年辰，在梅城曾经有过这样的特殊群体，人数还不在少数，命运各异，让人怜惜，我只记得他们的绰号，像韩将军、王痴鬼、电灯泡、妹妹……

其中妹妹的遭遇最令人惋惜，我记得大家都叫他"妹妹"，可能和他的性格文静有关系，曾经罩在他头上的光环为多少梅城人为他赞许，他是建德考取清华大学的第一人，学的是清华大学的王牌专业土木工程。后来，他精神受到极大的刺激，疯了。后经药物治疗，病情得到控制。我小时候见到的妹妹，身材高挑清瘦，皮肤白皙，看起来斯斯文文的，穿戴也是干干净净，不像王痴鬼蓬头垢面，一脸锅底黑，终年披着一件破棉袄。

妹妹彻底"哑"了，我没听到过他说话，但听说过他和梅城饭店的一段传闻。

话说有一年梅城饭店改扩建时，造房子房梁上不去，不知是设计图纸有差错还是房梁有问题。在建德上房梁不到位是不吉利的，虽是公家的活，可不顺利谁也愿意落脚，这事急煞了饭店的头，看工人无奈的眼光，真是无计可施。这时边上有个脑子灵光的下属出了个主意："妹妹是清华大学的高才生，不如把他请到现场来指导一下？"头一听觉得有道理："赶紧去找人啊！"妹妹一下子成了救命稻草，被饭店里的人像请大神一样请到了施工现场。妹妹看看图纸看看梁，看看房顶看看墙，工人们在妹妹的一番比画下将房梁安装到位，在场的人无不为其称奇，好像有本事的人都是这样深藏不露的，一旦表露就会水到渠成。头一高兴问妹妹需要什么报酬时，妹妹淡淡地说："给我来碗面吧。"

头儿吩咐手下去烧面，是饭店最好的鳝片面，并传下话："妹妹以后到饭店里来吃面，不要收他钱。"钱省了，粮票自然也省了，但妹妹后来有没有再去饭店吃优待面就不得而知了。

这段传闻在古城曾经传得很神，细节是我杜撰的，但我相信事情是真实的。

附录：妹妹的大名叫许卫凡，建德第一个考取清华大学的人；"王痴鬼"，大名王启明，严师毕业，原附小音乐教师，56 年调严中，一年后转新中……后因报考音乐学院受挫，神经了。

2024 年 5 月 12 日

一、食堂是父亲的江湖

一个人好吃，还喜欢写点美食文章，一定是有前因后果的。

影响我最深的当然是我的父亲。我是父亲的老来子，我出生的时候，他已五十出头，那年是 1968 年的夏天，他正好从梅城的康复医院（现建德市第二人民医院前身）调到县城白沙镇，到正在筹备阶段的建德县防治院（现建德市第一人民医院前身）报到，当时还叫沧滩门诊部，还是干他的老本行在食堂当厨师，那时已经叫炊事员了。

现在都无法想象，当年条件那么差，有时连饭都吃不饱，缺吃少穿的，可生孩子却连眼睛也不眨一下，我们家在的那条府前街上，哪家的子女不是四个五个六个七个的，再难的日子都要把孩子养大。我是家中的老小，排行老六，确切地说是老七，有个排行老大的大姐在三岁的时候就生病夭折了。这么多子女的家庭，有因为养不过来送人的先例，可我们的父母从没有动过把孩子送出去的念头，以后出生的六个小孩，一个个都长大成人，连我这个意外出生的"倒香"儿也活得好好的。

其实，真实的家庭境况并非我说的这么轻巧，我出生那年，家庭成员有九人，父母亲加六个子女，还有奶奶从叔叔家接回来和我们过，一家人就靠父亲每个月 60 元左右的工资，母亲在被服社上班，工资只有父亲的一半，一个月不足百元的家庭收入要养活一家人，生活有多少难处，现在想想那日子是怎么熬过来的？好在父亲在食堂里工作，在很大程度帮到了家里。

父亲一生都从事厨师这个职业，从最初做私人家厨到公家食堂的采办员、炊事员，到当炊事班长，直到退休，在这个行当从一而终，在那个物资匮乏又是多子女的年代，对家庭的影响很大。

从父亲的遗物中，有一个笔记本引起了我的注意，它无意中透露出一点父亲当初参加工作的细节，弥足珍贵。后来我想，如果父亲会写日记该多好啊！

父亲留下的四本笔记本后来都被我从姐姐们手里收集在一起，皆为布面精装，有"功臣纪念册"、"功模纪念手册"和"建筑纪念册"。在"建筑纪念册"的首页，记录了这样一段文字：

一九五〇年十一月我由乡政府介绍到第一疗养院一所一室当招护员，到了第二年七月改编为第三疗养院，并造了一所新房子，我们在工作，二三室在建筑新房子，从中我们每人发得一本建筑纪念册，我心中非常高兴，特托别人写几个字表示纪念。

许炳荣　　　许炳荣

写于一九五一年十二月廿六日

于一室四班

证章号码 128 号

后面那个"许炳荣"是父亲的亲手签名，看来父亲也是个有心人，拿到纪念册也不忘委托同事在上面记上几笔，简要的记录却蕴藏着丰富的信息量，可以简单地解读一二。

康复医院的前身是浙江省第三疗养院，再往前可追溯到六睦医院，据同乡好友周俊兄搜集资料可考：1930 年冬到 1931 年春，脑膜炎流行病发，死亡相继，以童稚为多，严州虽处山区也不能幸免。在京乡人徐梓楠、徐梓林、叶润石等人商议，回严州开设医院救治病人。历史上严州府下辖六县，俗称六睦，故取名六睦医院，先租双桂坊叶杏南（荆门）家，后在东湖边择地建造新舍。

当父亲进入省第三疗养院时，新房子正在建造，为承接全省部分疗养任务而扩建，后来又接受在抗美援朝中受伤病员的治疗康复，院名也改成了省第三康复医院，建德二院旧址的基本格局就是在那时确定下来的。院区回廊通连通幽，绿树环绕，病房并排而设，露台连接着后门，建筑至今还保存完整，是省内仅存的保持原有疗养院风貌的建筑群，已成市级文保单位。

笔记本中的寥寥数语，却要别人代笔，也透露了父亲的身世，他少年丧父，后辍学，和我叔叔姑姑一起跟随祖母从老家东阳黄田畈紫薇山到严州（梅城）寻找生路，一个孤立无援的寡妇带着三个"拖油瓶"，到陌生之地该如何生活，这又是另一个话题了。

靠着父亲这棵大树，在最困难的年代里，我们一家人基本上没挨过饿。

现在的年轻人可能对以前单位食堂的机构建制不太了解，事务室就是和食堂并行的，负责对食堂采购、食材保管、饭菜票进出、日消耗月消耗的财务监督，它的头叫事务长，在权限上比炊事长大点。事务长不仅要管着事务室的日常工作，如职工饭菜票的购买，每日每月与食堂的对账，录入台账，有一套完整的财务制度，另外还要负责外单位到食堂搭伙的审批。你没听错，那个年代搭伙是要走关系的，有的单位食堂还要交搭伙费。

食堂是单位内部的餐饮机构，不以盈利为目的，只要达到收支平衡即可，有时单位福利还可以通过食堂行走，这也算是公开的秘密，这在物资相对紧张的时期，有些单位食堂会如此"吃香"的原因所在。当建德县防治院变更为建德县第一人民医院的时候，它的食堂在白沙镇的保健路上已经是远近闻名，当年除了县委的机关食堂，医院食堂也算得上一号，医院附近的兄弟单位纷纷到食堂来搭伙，如县防疫站、县二轻局、县体委、农行信用社等，他们之所以要到医院食堂搭伙，一是离自己的工作单位近，二是自己单位小人员少，自办食堂没必要，三是医院食堂当年的伙食确实不错，物美价廉，早餐的大馒头到现在还是杠杠的。那兄弟单位经过友好协商，搭伙费就免了。附近的居民要吃食堂，除了托在医院工作的亲朋帮忙外，就别无他法，只能乖乖地交搭伙费，就是交也不一定会被批准，毕竟不是对外开放的餐饮店。

我对这些往事这么记忆犹新，全然是自己小时候的贪玩贪吃。父亲离家七十里在县城工作，我从出生后好像就有两个家，一个家在梅城，那是根基；一个家在白沙，父亲的宿舍。单位分给他一个单人间，在职工宿舍区的平房里，有二十平方米左右，设施简陋，家具都是借用单位的一桌一椅，却有两张床，一张大点的挂着蚊帐的床铺父亲睡，还有一张床空着放箱子脸盆，家人来了可临时铺盖睡觉。所以，我小时候经常白沙梅城两地住，直到在梅城附小上学后，到了放寒暑假，去白沙玩成了我的心头好。有的吃啊，最令我眼馋的是食堂里特有的油炸馒头。那面白蓬松的馒头经过油锅里一炸，金黄脆皮，掰开烫手的馒头往里面搁点辣酱腐乳或是咸菜、榨菜肉丝，咬合起来嘎嘣嘎嘣作响，那就是儿时美味的交响曲。至今还留有印象的医院食堂当家菜有狮子头、糖醋排骨、红烧里脊、家常豆腐、丝瓜炒番茄……那年月的食堂真是热闹非凡，一日三餐的忙忙碌碌，蒸饭烧菜的热火朝天，打饭盛菜的拥挤长队，临时添菜的心急火燎，那景象我看在眼里一辈子也忘不了，当年我就是站在一旁看大人忙碌好似偷窥的亲历者。

父亲大部分时间一个人在单位工作生活，就把食堂当成自己的家。那时的医院食堂和锅炉房紧挨着，用的是一样的燃料，大小不一的石煤，大的如块状大石头，食堂炉子用的是细煤，起火快燃点高，鼓风机一吹，炉膛里的火焰便熊熊燃烧起来，这对炒菜时用的火候要求极为重要。可煤堆里的细煤太少，我就经常看到父亲经常利用午休时间，一个人戴着草帽，在炎炎夏日的烈日下拿着榔头去煤场敲石煤，敲出几翻斗车的细煤备用，再洗洗到宿舍里去打个瞌睡。

父亲住的房间离医院的手术室很近，手术室的后门开在平房里，同一个走廊，走出术间几步就能找到父亲。晚上如有急诊手术，护士会提前通知我父亲：晚上有急诊手术，几点开始，大概几点结束，有几个人一起做手术，迟了可以让食堂准备夜宵。虽然食堂也有值班制，可父亲一个人在医院生活，几乎包揽了这个临时加班的活，大概那些大夫和护士也喜欢我父亲烧的夜宵，大多以面食为主。

当护士早早敲开父亲的房门，交代过后，他会准时食堂用长铁铲扒开炉膛里焙着火苗的煤灰，重新加煤燃烧，开始做夜宵。一锅小白菜香干肉丝面，已经是香气四溢，有时父亲还要看看晚餐有没有剩下的荤菜，想办法再加点浇头，趁热送到手术室，接盆的同事总会说一声："许师傅，辛苦了！"父亲也会回一声："还是你们辛苦！"

这些不是我想当然编造的故事，是我小时候待在父亲身边亲眼看到的，有时那面父亲也会盛一碗给我解解馋，那刻在儿时记忆里的往事，怎么可能忘记？

老许的有口皆碑就是靠这样一点一滴的付出得来的。

大厨老许亲手烹饪的菜看特别受人待见，他早年在南京私人公馆里当厨师锤炼出的一身厨艺，在食堂里的发挥就如江湖一现，但那些往事他从不显露，服务于资本家与服务人民是有本质区别的，那个年代谁会提自己"不堪"的过往？但手艺却是一生讨命的本领，默默地多为医院为食堂多做点事吧，这是我人到中年回想起和父亲短暂相处时看到的这些往事，所能体谅到的父亲的心情。

父亲的与人为善都在细节里，给单身同事打菜时都会加足分量，让他们吃好吃饱，还允许他们打半份菜可以拼出多个菜品，花同样的菜票能吃上几个菜。打菜时，一勺下去盛到碗里从不再往外抖两下，而是再添加点，这是技巧也是卫生要求，打菜的人看着心里也舒服。

那年代，吃是大事情。家属宿舍就在单位的后院，食堂与每家每户都紧密相连，单身职工的一日三餐，拖家带口的至少早餐要到食堂买早点。医院食堂有别于其他单位的食堂就在小灶开得比较早，原本为特殊病人开设的营养餐，到后来为了改善职工伙食，变成了常态化的开小灶，这实实在在的福利广受职工们的欢迎，家里临时来了客人，小孩在家哭闹要吃个好菜，便可以到食堂里点菜加菜，现点现烧。

开小灶，不仅增加了食堂的工作量，还特别考验食堂师傅的厨艺。大锅菜难烧，可归罪于众口难调，小灶可是针对个人的定制，再烧不好就说不过去了，是不是基本功不扎实，对每个职工的饮食口味不了解？好在那年月，人们对吃还没那么挑食，给自己开小灶意味着多付出平时成倍的菜票，也只能偶尔为之，可轮到父亲小灶当厨时就特别忙，为了吃到老许烧的一口小菜，排队也心甘，这可是对厨师最好的褒奖，虽然辛苦点。

食堂里的日常，就是锅碗瓢盆交响曲的重复演奏。

二、新中食堂

上高中时，真是能吃又能饿。上午第四节课是效率最差的一堂课，早饭就是吃得再饱，到了第四节快下课的时候，饥肠辘辘的同学们都已无精打采，就等着下课铃，等着老师宣布下课，当一声令下，同学们像饿死鬼投胎一样，一个个健步如飞冲出教室，狂奔食堂而去，真应了那句话："上课打瞌虫，吃饭打冲锋。"老师无奈地看了一眼，嘴里嘀咕的可能就是这句话。

而王发根则是另一种做派，他是通校生从不在学校食堂吃饭，可回家吃饭也一样焦急，下课铃还没响，王发根的腿已经在后门外面了，像百米冲刺的预备动作，就怕别人抢先了。

"奔跑吧！我的同学，食堂在前方。"新安江中学的食堂就在操场边上，跨过一条小水沟就是，而迫不及待的人不用走拥挤的带着涵洞的水泥路，可直接从操场边上跨过，食堂就到了。

老新中的旧食堂建在原来的校办工厂里面，设施陈旧，光线不足，还特别潮湿。后来在边上又建了新食堂，原来的地盘仍旧是蒸饭的土灶和放蒸屉的一排架子，我上高一的时候，那个蒸饭的土灶还在，四方硕大的灶台上埋着一口大铁锅，边上还连一个烧开水的水壶，灶台上可以叠放至少四五层的木蒸屉，上面标着"1、2、3、4……"的数字记号，便于学生寻找自己的饭盒。蒸饭用的燃料是锯木屑，燃烧起来有股木质清香，和食堂里飘溢出的菜香一起混杂出一股诱人的食欲气息，游荡在校园的上空，怪不得能引诱大家狂奔。

蒸饭的土灶直到后来食堂用上了蒸汽蒸饭车才废弃，它的形状和食堂的香味一直留在我的记忆里。

奔跑吧，为了吃饭是有原因的。饿只是其中之一，还有就是尽快地在蒸屉里找到自己的饭盒，去迟了就有被人挪用的可能，有些是有意的，有些是无意的，真有人要偷吃别人的蒸饭，哪怕你在饭盒上刻着再大的名字，甚至用红漆标注也无济于事。

同班同学罗英曾对我吐槽过：我的饭盒被偷好几次，空饭盒都是在食堂后面找回来的。过了饭点到泥围墙边上，一找一个准，吃完肯定把空饭盒丢那里。

我运气倒还好，记忆中好像没有遗失过饭盒，其实大家都知道住校男生的饭盒从来不清洗，吃完一餐，量好下一餐要吃的米直接倒入饭盒里，再到水龙头下随便冲洗一下，淘米和洗盒一并带过，加上饭盒表面脏兮兮的，谁愿意拿这样的饭盒下手啊？所以女生的饭盒丢失率高就可想而知了，可也有个缺点，饭盒里的量太少，根本不够吃。

找到自己的饭盒，真正去窗口排队打菜的人并不多。通校生要不回家吃饭，要不自己带菜蒸盒饭就行了。住校生大多拿着饭盒去寝室里吃，下饭的菜以霉干菜主打。霉干菜里很少有肉，又不易馊，即使是夏天一罐菜也能对付一个星期。我们班的蒋剑红同学就是因为吃了一个月的霉干菜而得夜盲症的，我曾问过他，那一个月他连一口新鲜的蔬菜也没吃过，缺少维生素啊！

那个年代，有些事现在说起，有人会觉得匪夷所思，可在当时再正常不过了。家住偏远的农村同学，一个学期难得回家一次，开学时带足了米和菜，吃完了再回家拿。菜保存时间短，只能带干的，霉干菜是首选，还有笋干、萝卜丝、萝卜片、豇豆干……再带上一刀咸肉，能对付一个学期。蒸饭的时候再添一个饭盒，用来蒸菜，变着花样蒸出各具特色的学生菜，无非是割个几块半精半肥的咸肉再加点干菜。蒸菜时也有讲究，饭盒端到食堂的饭屉里时，要把蒸菜的饭盒放到边角底层，上面再压上自己蒸饭的饭盒，这样多少能起到保护作用，汤不易浪出，饭盒也不易被别人轻拿。

真是奇怪，那时老新中的食堂从来没有吃饭的餐厅，从没见过有饭桌饭椅供大家好好吃顿饭。而且早餐的稀饭馒头包子只供应给教职员工和校运动队的学生，要想吃豆浆大饼油条，只能跑到县委大院对面的白沙饭店饮食部打牙祭。早饭要不就自己蒸饭，食堂里的早餐只供应青菜炖粉丝，五分钱一碗，清汤寡水，几乎常年就这样，吃到后来我都吃得想吐了。为了改善伙食，我想到学校边上的新安江无线电厂去搭伙，找到三姐的同学在无线电厂上班的小梅姐买来饭菜票，又备了两只搪瓷碗一个不锈钢饭叉，像模像样地吃起可打饭可打菜的单身职工吃食堂的生活。时间一长，练就了一手端两碗的本事，成就感猛增，青春年少的虚荣也满足了一回。

到无线电厂搭伙吃饭也不能长久，家里给我每个月的生活费毕竟有些，怎么能像有工资的职工一样想吃啥就买啥？只能每个星期去几次，剩下的日子就找王忠良一起拼伙。

刚从家里带来的那些年货确实能维持一段时间，时间一长就想着变花样：早上一早跑到白沙饭店买油条，中午放学到街上的副食品商店买紫菜、榨菜皮、虾皮，我们自己摆弄油条榨菜汤、榨菜皮虾皮汤，汤里加点猪油，一盒饭一下子扒光了。

李明和我们一样住校，可他家离学校近，就在离校十多里的更楼镇上，他几乎每个星期回家，可骑自行车也可搭更楼化工厂的车。每当周六开始放学后，回不了家的住校生都默默地把羡慕的目光投向骑着自行车扬长而去的同学……

盼望着，盼望着，到了周日傍晚，有几个要好的同学就等着李明能早点回校，每次他回家都会带菜回来，铁打两罐菜，一大一小，一荤一素，准备吃一个星期的菜，基本上被我们一餐吃光。

霉干菜扣肉、香干肉丝、榨菜炒肉、青椒炒萝卜干丁、豆瓣酱肉丁……这些常带的菜比食堂里的青椒肉片还好吃。

比起其他住校的同学，我还算幸运，在吃上基本没有亏欠过自己。那时，三姐已顶父亲的职也在建德县第一人民医院上班，又和我三姐夫刚结婚不久，每个星期周末我就跑到三姐家改善伙食，三姐夫又会烧菜，有好吃的都会给我留一口，吃好了也能带罐菜回校。

80年代的高中，有苦也有甜，为了吃大家都绞尽脑汁。到了高三，董谊良得了一次胃炎，治愈后经沈校长特批，能到食堂打稀饭买馒头包子，羡慕煞我们，可惜还是定量供应，我们没有机会同享其成。

最盼望的还是到放寒假前，学校食堂要杀年猪了，每人能分到一碗红烧肉，这是我们唯一能记牢老新中食堂的好。

三、小程的食堂

上初中时，我们四人结成的死党因中考结束将各奔东西，我和董谊良一起考上了新安江中学，升读高中；钱建铭是我们四人中年纪最大的，比我们大一二岁，他不想再上学了，顶了父亲的职到梅城搬运站当学徒，跟着师傅学汽修；而程建军如愿以偿地考上建德工业技校，要到寿昌马屏庙读他喜欢的烹饪班，同时考上的还有同班同学李华、孙根良，后来还知道那个烹饪班有我不少熟悉的人，发小方卫华、小学同学周小红，想不到以后的同学朋友圈里有这么多的厨师。

小程对中华饮食烹饪的爱是发自内心的，兴趣所在学起来也特别用心，从进烹饪班的开始就埋下想当大厨的心愿。每到假期放假回家，他会自办食材，或是到他姑婆在东湖边上的菜地里去摘些蔬菜，为了展示他学到的厨艺，要请我们吃饭，在他的外婆家里亲自操刀掌勺。

上初中时，我们四个人曾伙同家住小南门的同学许金生，去弄堂里去偷鸡摸狗过。有一次在夏日午后，我们几个又凑到一起，金生说我去看看弄堂里有没有鸡，我们站在巷口屏住呼吸，心惊胆战地观察周围的动静，不一会金生手里拿着一个蛇皮袋，用眼光瞟了我们一眼，"走！"他已顺利地掳到了一只老母鸡，我的小心脏顿时卟咚卟咚作响，罪孽深重啊！可听他们说要把鸡带到小程外婆家褪毛烧起来吃，也就管不了那么多了。

小程从小就跟着外婆过，外婆在路边搭了一间小木房做代销店，平时卖些生活用品和副食品，小程小时候就会帮外婆在厨房里捣鼓家常便饭。可一只全鸡交到他手里，也是蒙了圈，这种下蛋的鸡平常人家平时谁舍得吃啊，不到过年都吃不上一回鸡。鸡拿到大溪边洗净后，我们就躲到厨房里，看小程一下子从哪里来的信心，剁了鸡加了大蒜姜片就开始生火下锅炖了……

几个小时的慢火清炖，煮熟的鸡香早就蔓延到了小店里，外婆耳朵不灵鼻子却灵得很，进厨房追问事情的缘由，我们想撒谎却难以自圆其说，在外婆的声声责怪中，木呆地站在厨房里干着急，目光却时不时地瞥向灶台，鸡都成盘中餐了，只能以下不为例的告诫了事。

啊，偷来的东西做菜真好吃！

这段年少时做下的荒唐事多少年过去了，只要一提起，我们就会哄堂大笑，纷纷赞扬小程初显的厨艺。小程在烹饪班的用心苦学也得到了回报，毕业实习时被分到罗桐山庄当实习厨师，那是 1985 年的事，建德旅游兴起，罗桐山庄成了接待外地游客最高档的酒店宾馆之一，能在这里实习自然又能学到很多手上功夫。我们都曾亲见他那段时光踌躇满志的神情。

天有不测风云，在毕业分配时，不知在哪个关节上出了问题，小程被意外地分到了梅城供销社食堂当厨师，这谁也没想到。其他同学不是分到酒店宾馆就是分到企事业单位食堂，那是工业技校第一次招烹饪班，用人需求十分紧俏，怎么可能去梅城供销社食堂这样一个小庙去当厨师啊？

真不是埋汰这个食堂，当年它和供销社招待所、梅城收购站三位一体地挤在一起，都隶属供销社。食堂小，人员少，连小程就三人，到食堂吃饭的人也少，加上搭伙的人，每天来用餐的人只有几十个人，经历了这样挫折，小程大厨的梦想可以说瞬间破灭，也可以从头再来。

空有空的好处，小程没有消沉，他开始和师傅一起到社会接活，给婚丧嫁娶的人家做流水席。那时我高中毕业在家待业，就跟着小程四处奔忙，吃是少不了的，好吃的哪个厨师不留一手藏几口好吃的，等忙好厨事好下酒。

一边接活赚钱，一边又继续钻研厨艺，我看他那时已常年订阅《中国烹饪》杂志，有时又跟着他的师傅学做新菜。他师傅在七郎庙边上的红卫化工厂食堂当主管，有次小程招呼我说，他刚从师傅手里学会了叫花鸡，准备自己独立操作一次怎么做叫花鸡，那我们有口福了。

那天，小程弄了一只嫩母鸡到食堂，宰杀洗净沥水后，要悬挂一段时间，再用酱油，料酒，精盐将鸡腌一小时，丁香粒，八角粒研成末擦抹鸡身。他说我今天要做不一样的叫花鸡，肚里有货保管你想不到的好吃。他用葱花，姜末，八角煸炒，加虾仁，猪肉丁，火腿丁，肚片，翻炒，烹入料酒，酱油，白糖，炒成馅料，填入鸡腹，用荷叶几张把整鸡被猪网油紧包后紧紧扎实，荷叶包包裹成一个像小型炸药包，外面再包一层荷叶，用细麻绳扎成圆形。酒坛泥早已碾成粉，加清水拌和将泥裹在鸡上约五分厚，临时用几块砖搭成一个方形炭火烤炉，把泥包裹放到里面烤起来。几个小时的耐心等待，终于等来揭开炭灰后，取出敲掉泥去了荷叶的叫花鸡。

外表微黄的叫花鸡装盘了，淋上香油，香气袭人香喷喷的，小程得意地说："动手吧！"我忍不住手撕一块鸡腿先尝尝味道，鸡肉酥嫩，咬嚼鸡骨，味入骨髓。叫花鸡是在泥土荷叶包裹下，封闭烤熟，鸡自身的香气和肚里的馅料完全融合交汇，在高温的焙火里持续反应，这种闷骚的境界恐怕只有中国人才想得出。这是我第一次吃到叫花鸡，拜小程所赐，终生难忘。

小程命运多舛，却又丰富多彩。他承包过食堂，后来辞职下海自己开饭店，又辗转外地开过卤味店，颠三倒四又回建德给别人的饭店当主厨，十多年前又跑到非洲布基纳法索去发展，到了2018年布基纳法索和中国复交，他已在布基纳法索商业友好总协会秘书长任上干了好多年了。他在华人圈受同胞拥戴，厨艺起了很大的作用，在国外平时华人聚会，少不了要他亲自下厨做点中国菜。

有一年，他衣锦还乡回到建德请了我们初中班主任朱老师，还有汪老师和我们一帮老同学在鼎尚轩聚会，他春风得意的劲又上来了。他的故事太多，能看到他发达起来，大家都为他高兴。

　　一别又是好多年，三年疫情，加上布基纳法索政局不稳，不知他现在还好吗？

2024 年 5-6 月

　　猪油，我们梅城人又叫熟油、荤油，用猪板油或是肥肉熬制而成，在缺吃少用的年代，这可是家里金贵的东西。为了保存好猪油，大人也是煞费苦心。

　　猪油热天易变坏"耗"了，炼油时就放几粒茴香，盛油时放一片萝卜或几颗黄豆，油中加一点白糖、食盐或豆油，可久存无怪味。猪油熬好后，趁其未凝结时，加进一点白糖或食盐，搅拌后密封，可久存而不变质。这都是保存猪油时积累起来的经验。

　　在我老家厨房的菜橱里，放猪油的有陶罐，有钢精锅，有北佬罐（搪瓷罐），特别是看到那个外施绿釉内铺陶土的猪油罐，里面装满白花花的猪油时，什么食材烹制时只要有了它，都能绽放出诱人的荤香。人在缺少油水的时候，本能地对猪油产生美好的幻觉，也不一定是幻觉，是迫切的渴望，我们小时候谁没有偷吃过猪油啊？用猪油酱油拌饭吃吃，用猪油泡碗榨菜汤喝喝，还有锅巴抹油嚼得香……

　　猪油，连同猪油罐都成了美好的记忆，这只猪油罐不知什么时候被我带回了自己家，还可正常储罐，看见它，多少能起到忆苦思甜的回想，关键还能保存儿时对猪油的虔诚。

当年猪油实在来之不易，要从定额的肉票里省出来，还要起早摸黑到食品公司门市部去排队抢购猪板油或是大肥肉，去迟了砧板上就剩下了槽头肉，买与不买实属两难。好在父亲在单位食堂上班，不时地会托人把板油带一刀回家，连同一袋馒头，大多时候会叫开那种老式救护车的司机师傅，因为他们经常会往返于白沙和梅城之间出车，车到府前街上的家门口，师傅用手拉警铃一摇"哐当哐当"声响，家里人听到后就知道好东西送上门了。

傍晚，家里的柴火灶便开始生火熬猪油了。板油出油率高，肥肉炸出的油渣更有吃头，可炒青椒，可与咸菜相拌做馃，下面时放个几粒就是妥妥的油渣面，那带点星丝精肉的也可单碟清渣蘸酱油下酒，最绝的是用油渣炒成的肉圆，香气扑鼻，脆爽柔软相间，咋一个"好吃"了的。

这些童年记忆里的猪油美味，把贫瘠的生活滋润出希望的本色，为日常的衣食住行添了一个油光满面，真好！

时至 2022 年的冬至前后，"灯语堂"迎来了乔迁巧山不问山庄之喜，为了庆祝一番，便在巧山养猪场冲了一头大小适中的年猪，可杀下的却是足有四百多斤的大肥猪。那天上巧山的时候，就微微略感额头发烫，自觉可能身发低烧，把招朋呼友到山庄来吃杀猪菜的任务都托付给了阿彪。还好，阿彪深谙此道，硬生生地整出一桌杀猪菜：大块红烧肉、雪菜炖猪血、炒猪肝、炒腰花、青椒炒油渣、肉骨头炖萝卜……大家吃得连声叫好，我坐在一边却是无精打采，自忖可能已染新冠，有意离大家远点。

等大家走散后，新冠症状越来越明显。条肉除了需要腌制咸肉的留下外，多出的都分给了几个亲朋好友，但还有一堆板油，看着让人发愁。

晚上躺在床上，感觉浑身关节发酸发胀，发烧热度也上来了，人一个劲的难受……

第二天勉强起来，要把板油处理掉。不得已，只能自己动手熬猪油。原来人在生病的时候千万不能去熬油，那原来飘香的荤香味，现在却成了令人作呕的荤腥味，我戴着两个口罩都无法阻挡荤气的侵扰，炼好四罐猪油我赶紧缴械投降：热水洗脸，冷水刷牙，换身衣服，连忙吃药……

原来，人在特定的时候，对习以为常的美好事物的认知是会发生逆转的。

猪油，现在好像不怎么受人待见，传闻与人的健康有些格格不入，似乎成了胆固醇偏高，高血脂症的罪魁祸首，被人为地疏离开去。唉，没油水的年代，你对我朝思暮想；现在肥头大耳了，你却嫌弃我了。

真是"猪油蒙了心"？当凤姐骂赵姨娘时用了这句话，猪油就躺着中枪。这句俗语，意思是被眼前的利益蒙蔽了内心，导致做出不合常理的事情。猪油无辜地从荤油变成"混油"，成了利益和钱财的代名词。当一个人因为贪婪、虚荣、短视等原因，被不该得到的利益蒙蔽心智时，就真的可以说"被猪油蒙了心"？

冤不冤？其实错的不是猪油，而是人。

2024 年 6 月 9 日

梅城小吃曾名噪一时，至少在建德范围之内还是小有名气的。名成时在七八十年代，大街上小巷口，那些做小吃的店铺摊位上，顾客止步簇拥排队，就是为了要买一份小吃，坐下来吃一碗豆浆对着大饼油条，或是一碗馄饨或是一盘炒粉，有些人则买上便于携带的早点，顾不上就地解决，买好早点匆匆而去，有的上班，有的上学……

早餐点是忙碌的，午后的煎包摊又开始上演一天的点心热场，再是晚上的夜宵摊，一天关于吃的，几乎没有空档，小镇一天的日常，就这样夹杂着人间烟火，人来人往，日复一日，年复一年，生生不息。

如今，梅城的小吃店还有，只是改变了旧模样。这种小本生意重操旧业的多，经常关了开，开了关，小老板时常换人，那早年的小吃滋味也在不断地发生变化，有的延续了下来，有的只能"此情可待成追忆"。追忆那些已经消失的饮食风景，多少有些伤感，因为吃不到儿时的味道；追忆也可以重新点燃儿时的记忆，回想那些曾经吃在嘴里的美食，也是温馨得让人无限感慨，回不去的何止是时间，也有人事与往事……

油沸馃

不知道油沸馃这种小吃算不算是梅城的特色小吃，它制作简单，售卖方便，吃起来却是松脆软柔兼有，馃小味长，是很亲民的小吃。

一个摊点就一个煤饼炉，上架一个油锅，一张方凳置放盛馅的搪瓷盆和放糊状稀面的钢筋（精）锅即可。一脸盆的馅料，用白纱布一盖，既防尘又防苍蝇侵扰。馅料也简单，雪菜加豆腐丁，面上铺一层厚厚的葱花。

做油沸馃的关键要有一副白铁打成的模具，像打酱油的勺斗（打酒的叫酒提子），呈圆锥形，上宽下窄，边上连着一条长柄，顶部弯曲带钩，方便下油锅时能挂在油锅上搁置的滤网铁栏上，不至于整个模具掉到油锅里。

这种小巧的煎馃斗，一般都会找白铁匠"屈子"（唇裂鼻的绰号）打制。别看"屈子"相貌残疾，人却聪明得很，你只要把想法告诉他，他就能心领神会地帮你打造出超出你想象的模具。

当年，在梅城街上做生意的和有手艺的人，大多来自金华方向。"打铜修锁"的永康佬、"鸡毛换糖"的义乌佬，还有卖花生瓜子炒货的挑担兰溪婆，而且经营小吃的做大饼油条做得最地道的还是兰溪人。也不知道"屈子"的老家是不是永康的，他的手艺我是见识过的，白铁皮在他手握的特种剪刀下游刃有余，像剪剪纸一样，轻松自如。敲击打磨剪好的铁皮，再用土制的焊接技法，那种带有鼓风箱连着熔炉火烧铬铁，用铁钳子夹着烧红的铬铁沿着白铁皮围成模型的缝隙熔化锡焊条一路焊接，随着"呲呲"的声响，焊点连成一片，已是严丝合缝，真是一气焊成。

当客户拿到刚做好的一对煎馃小斗时，真的满心欢喜，一是对小工具制作的满意，还有一份对未来的期许，连忙又订下了下一对的小斗以备用。

做油沸馃的摊点，一般都在午后三点左右摆出，都会离家就近选在码头、电影院、影剧院附近，这些地方流动人口多，这馃又是现做现吃最适宜，趁热卖趁热吃，就得选人来人往的地方。

做油沸馃的准备工作可在家中完成，调面糊用冷水拌面，调成不稀不稠，和做煎饼的面糊相当或是再稀点；馅料大多用雪菜、豆腐丁或是萝卜丝炒至半熟，更易于香气的溢出，如遇清明前后的出笋期，将细笋丁加拌会有更适宜的口味。以前肉要凭票供应，一般都不添加肉末，用雪菜提鲜足也。

等炉火将油锅烧热，锅里的油泛着油花，就可以把小斗放到油锅里去烫。等小斗烫热了，起斗倒油，把面糊盛入斗内，再放入油锅继续加热，此时要持续手持斗柄，保持斗身平衡，斗不能整个浸入油锅。等斗内的面糊周身结皮后，又起斗倒掉剩余的面糊，再把馅装入其中，用面糊封口，就可以把小斗整个放入油锅过热，等表面结"痂"，馃基本上就成形了。将小斗往锅沿边轻轻一弹，成形的馃体顿时滚入油锅，泛起一圈圈的油花油泡涟漪，油仿佛也沸腾了……

当馃炸之金黄，即可捞起置于沥网上等着售卖。成品的油沸馃要趁热吃，喜欢吃辣的，可以用小匙在面上戳一小孔，加入腌辣椒或是酱料，吃起来外脆里热，好吃得不得了。

手法熟练的厨娘可以几个小斗同时"开弓"，轮换操作步骤，做得有条不紊。能干的厨娘会同时配备其他现炸小吃品种：炸臭豆腐、炸盖红章的馒头、炸黄豆饼……任顾客自己挑选。那馒头夹臭豆腐又是另一种风味了……

2024 年 10 月 15 日

　　有些地方美食在取名上的别出心裁，不明觉里的人初听是一头雾水，如细加点拨又会觉得很有道理，如天津的"狗不理"、广东的"佛跳墙"，我们梅城的"水辣鸡"也如出一辙。

　　"水辣鸡"这名取得好，也不知出自谁之手，也有叫"水落鸡"的，这就有点惨相了，似落汤鸡一样，尴尬的。"水辣鸡"其实就是凉拌湿粉，制作极为方便，之所以取这样的名字，我的理解："水"点名主料的粉丝是湿的，有点"水"气，"辣"是凉拌时用的蘸料特别辣，而纯素食取个带荤味的名字，仿佛味道会增色三分，如素鸡，"水辣鸡"如是也，其实是"机制"的意思。

　　梅城最早做"水辣鸡"的是哪家店，哪个人？似无从考证，据我所知，以前的龙山加工厂做过。这是村办的粮食加工厂，做一些简单的粮食加工，稻谷脱壳碾米，糯米、新粮、麦子碾粉，深加工会在年节时做年糕、面条和粉干。上初中时，上学放学每天都要经过加工厂，特别是傍晚放学的时候，在远远的地方就能听到从加工厂作业间里传来的机器轰鸣声，最好能接到家里"领衔"代买湿粉、年糕的任务，回家后就迫不及待地调弄点心吃，做糖水年糕、拌湿粉就是那时学会的。

湿粉就是粉干未成品的初态，米粉经开水搅拌均匀后，要打臼，使其口感筋道，再用带孔的磨具挤压出条状的湿粉，放竹竿上晾晒，去其水分，在还柔软的时候，收下盘曲成粉干团状置竹筛上放太阳下暴晒，等彻底晒干水分就是成品粉干了，这样易于保存，食用时只要用水浸泡到一定时候，粉干又出现回到湿润状态，再随你是煮汤粉、炒粉干，还是拌湿粉，悉听尊便。

龙山湿粉之所以受大家的欢迎，是加工厂里有台木架的挤压机，蒸熟的米粉在带孔的模具里挤出后直接到冷水里，捞起来的粉丝呈湿润状态自然、丝滑和新鲜，买回家后只要用开水泡一遍消消毒，再沥水凉快，就可用辣椒酱、豆瓣酱加点酱油一拌，就成"水辣鸡"，是夏令时食，老少皆宜，一碗"水辣鸡"在手，似乎真的能吃出鸡味。

我的外甥媳妇是四川绵阳人，会烧一手带有家乡风味的川菜，到了梅城听说"水辣鸡"："这还不简单啊！我们家乡有川味粉、拌凉皮、酸辣粉，下火锅时，粉丝是必备的。"她做的水辣鸡，带着麻辣川味，味更重，料更足，拌料加了黄瓜丝、海带丝、土豆丝、香菜、雪菜、小米辣丁，再来上几粒花生米，蘸料又加了香油，搅拌成改良版的川味水辣鸡，其味变化太大，可我儿子爱吃，他在梅城读高中时，几乎每个星期都要跑到哥哥家，要他的四川嫂子做一碗川味水辣鸡，有时能连吃三碗。

当梅城水辣鸡和川味粉发生碰撞的时候，舌尖上的热烈就被酸辣激发了，记忆里又会留下新的滋味，这大概就是饮食创新的潜动力。

"水辣鸡"这种平民美食真的深得人心，如今在梅城的老街上还有店家在售卖，是否能吃到儿时的味道，这就难说了……

以前的湿粉是真湿粉，就像散装啤酒，新鲜出炉，吃的就是抢先与"抢鲜"，过一刻都不行，是不是这个理？

2024 年 6 月 12 日

饮食书及其他

记起赵珩先生《老饕漫笔》的妙处，想重读，却寻而不得，干脆到网上又下单订购，连同《老饕续笔》《老饕三笔》一起并购，又在孔网买了一大摞饮食书：《美食家》（陆文夫 著）、《谁是美食家》（徐城北 著）、《孤独美食家》（日·村上龙 著）、《孤独的美食家》（日·久住昌之 著）、《浪客美食家》（日·久住昌之 著）、《我这温柔的厨娘》（虹影 著）、《品味传奇：名人与美食的前世今生》（周芬娜 著）、《文人饮食谭》（范用 编）、《寒夜客来》（逯耀东 著）。以前也有同样的经历，一时兴起，想读饮食书，呼啦啦地上网买了一长串，一时间专读饮食书如同饿鬼嚼肉大呼过瘾。

值得一提的当然是陆文夫的《美食家》，这篇中篇小说，1983年发表于《收获》第一期，如同春雷一样，响过一片天，该作品理所应当地获1983—1984年全国优秀中篇小说奖，成了作者的代表作。

我曾以为读过《美食家》，从孔网买的是没拆封的新版，读着读着发觉不对劲，我居然没有看过文本《美食家》，脑子里的固有印象可能来自电影版的《美食家》，而对文字的欣赏绝不能错过文本。这种后来被日本人称之为"料理小说"的饮食文化分支，是陆文夫开了先河，他的高明之处就在于举重若轻，用一个"吃"字道遍了小说人物间四十余年的浮沉纠葛，从一个特殊的角度，用日常最普遍的饮食之道解剖了近半个世纪的中国社会生活，把平凡人物、市井百态、人间冷暖、世情变化拿捏得服服帖帖，还把苏州人的饮食习惯和苏州菜的品质妙处点化得诱人万千，言外之意又恰好反映了时代的变迁和人们价值观念的变化以及自己的饮食理念。

十多年前，我曾在苏州市立医院进修，在苏州客寓一个多月，自然少不了吃喝，对苏州的饮食有了自己的实际体验，但老实说那时还不懂苏州的饮食精髓，大部分吃的是医院的食堂和驻地所在周边街头巷尾的小店小厨，吃饱就好。直到几年后再到苏州拜访王稼句先生，幸得其赐饭于"香雪海"才初尝苏州美食的真味。后来有幸得文斌兄带路，与戴建华先生和姜晓铭兄同步至观前街珍珠弄的珍珠饭店吃饭，点了什么菜倒是忘了，席间四人喝了三瓶黄酒，说起来喝得有点谦虚。

那天我是夹着《美食家》去上班的，利用工余时间看了几十页，一个中篇小说的阅读花不了多少时间，让我浓得化不开，轻得放不下，一直在回味文字里的苏州美味佳肴。鸡头米蟹粉蟹膏浇头面是什么味？虾子鲞鱼是怎么做的？油汆臭豆腐干是不是外酥里嫩？炒蟹鲃真的让人垂涎三尺？

真是想什么来什么，下午老钱就在微信里约晚饭了，说晚上到城西新建村路口的"小邓餐馆"喝酒。真别说，不比不知道一比真相似，我猛然发现在老钱身上有《美食家》男一号朱自冶的影子，一辈子喜欢吃喝。

朱自冶起得很早，睡懒觉与他无缘，因为他的肠胃到时候便会蠕动，准得跟闹钟差不多。眼睛一睁，他的脑袋里便会跳出一个念头：快到朱鸿兴去吃头汤面！头汤面干净清澈，没有面汤气。如果吃下一碗有面汤气的面，他会整天精神不振，总觉得有点什么事儿不如意。

一到傍晚，老钱也差不多会有类似的胃蠕动，如果没人请他喝酒，他便主动邀请几个酒友陪他喝点。他原住在新建村，对城西那一片饮食特色的分布了如指掌，哪家饭店的菜好吃，哪家小店的小吃有特色，跟着他走就行。今年一开年，我随着他从"深巷"吃到"金厨娘"，又从"金厨娘"吃到"小邓餐馆"，边吃边评，乐不思归。

那天，我人到"小邓"店门口，看见临街的包厢玻璃窗上贴着老板罗列的招牌菜有：羊蝎子、肚包鸡、臭桂鱼、猪鞭煲、特色老鹅、鸿运当头（猪头肉）、东坡肘子、回味鱼、鹅掌煲，会的真多，走进店里人已到齐：豆豆、张煜、老钱和我，四人局坐大堂的西餐桌正好。豆豆说又是"和尚局"，喝酒没劲，可临时也叫不到"花间集"啊，四人有四人的乐趣，菜就不用太讲究，果然老钱点的菜没有一样是玻璃窗上挂着的，我相信他的刁嘴，那锅黄花鱼炖豆腐，加雪里蕻和辣椒，辣得鲜香无比，我是吃得冒汗又赞不绝口，听老钱说是他教厨师加老板的小邓烧的，也不知有多少牛皮的成分，不过比"金厨娘"的炖得更入味。

一杯白酒下肚，豆豆从柜台里拎出一壶寄存在店里的白酒，还剩不到三分之一，神秘兮兮地说给我喝点好酒，一问才知是板栗酒，倒入杯中先尝一口，清香可口，好酒！

说到吃就停不下嘴，吃了今天又约了明天，还是"小邓餐馆"。此处不表，隔了一天，阿彪又要在家拆猪头了，"吃"得没完没了。

是昨晚，阿彪在家忙了一个下午，把腌猪头剖成两半，用高压锅把半个猪头煮熟，在家拆猪头也有简便的办法。

可吃猪头肉不配几个清淡的蔬菜真是失算了，老彪可能想让大家猪头肉吃个够，摆出了三盘，有猪耳朵、猪鼻葱、核桃肉，以咸为基调，更是加了蒸腌鸡，川味香肠和酱羊肉，猪头骨炖萝卜汤清一色的咸味主打，咸咸得正，这一餐大家吃多了也受不了，大侠带来的严老师是慈溪人，不喜重咸味，看她没动几筷子夹菜，看来真不合口味。宁波人喜欢吃海鲜，以清淡为主，怎么受得了如此厚重的咸味，不得已小方主动请缨，临时去炒了盘菜心，总算把心中的咸块垒压了下来。我们酒没少喝，特别是啤酒可以漱爽口味。"莫向人召夸食肉，何曾忘却菜根香。"腻歪了脖子才想到菜根香，这得多大的委屈。

2023 年 3 月 4 日

粽子趣闻

端午前夕，徐桑在批发市场买好了包粽子要用的食材，央求阿彪和大卫满足他一个心愿，到小古洞他丈母娘家中去帮他包粽子。

这点小事不在话下，但也不能声张。

包粽子就要在家自己包才有意思，水平可以尽情发挥，大小可以不一，口味随心所欲，谁也管不着。建德人包粽子花样百出，喜欢在馅里做文章，馅以酱肉主打，更有笋干、梅干菜、豆腐、毛芋、青豆、佛豆、萝卜丝……感觉什么食材都能往里塞，还不包括甜粽。

大卫包粽子的手艺是毋庸置疑的，上次在巧山已经验证过了一次，刚出锅的粽子被老洪一口气连吃三只，连说"好好好"都带着烫口呼出的粽叶加肉香的嗷嗷叫。所以大家就赞誉大卫包的粽子叫"卫的粽"，就像他早就流传的灵魂蛋炒饭一样，标签就贴在左脸和右脸上，圆满的好脸色齐全了。

大卫包粽子的功夫体现在包裹有形，包裹粽子的松紧度合适，太松容易米烂侧漏，太紧了煮粽子时容易夹生。粽子要一次性煮熟煮透，如果夹生捞起，那生米再怎么煮都是夹心的。

小古洞的那场包粽子我没参加，他们包的粽子我也没吃到，但从后续听来的消息却是出乎意料的好。徐桑的丈母娘很欣慰，以前都是她老人家主持端午包粽的大局，只是这几年年事已高，身体不好，特别是颈椎病压迫神经引起的头颈不能动弹，别说包粽子，就是简单的一日三餐也有点勉为其难了。那天徐桑带上了大卫负责包粽，阿彪负责烧菜，老人感叹第一次吃女婿带来的现成饭和粽子，真好。"孝顺"这两字终于写在徐桑嘻嘻哈哈的笑脸上，我几乎闭眼就能看到他的得意，但心是诚的。

忙完小古洞的任务，作为犒劳，大卫拎了十只粽子回家自己去煮了。阿彪拎了十五只粽子也回了家，不过半路上手痒要在朋友圈去晒粽子，结果被几个朋友讨要去十二只，只剩下三只粽子留作纪念，自然有点快快不乐了……

二

德哥不甘示弱，在家也偷偷地包起了粽子，没想到把图晒在群里后，博来的是一阵阵的吐槽……（他找不到裹粽子的细绳，临时用绷带代替了）

一灯：你这是包扎伤口？

一灯：德哥的粽子可以申请包装专利。

德哥：结实不漏米。

大卫：是美羊羊教你包的？

新梅：是一灯教的。

了了：死亡粽子。

德哥：看到我包的粽子，你们还有胃口吃饭啊？！

新梅：德哥家里头有破布头，绳子都没有嗒。

德哥：找不到，翻箱倒柜了半天，才找到一点，觉得太粗了一点。

晓丹：重伤病粽。

某甲：第一次看到这种包扎粽子法。

某乙：看到这粽子，就想起我在杭州的堂兄。

某乙：还躺在医院里，胳膊腿都缠着绷带。

了了：德哥的才是流量型粽子。

阿彪：特色德粽。

德哥：感谢大家对我手艺的肯定。明年我要把绳子搞细一点。

了了：德哥的粽子像战场上回来的战士。

大卫：看德哥包的粽子，就知道伤的有多厉害。

……

这下德哥要出名了。

三

阿细在建德前后生活了近十年，由于工作关系，我们很少吃到她烧的菜。偶尔在家休息时，如果家里有饭局，她也会烧上一二道云南菜，让大家换换口味。我们吃到过她烧的酸汤鱼、酸汤猪脚、云南豆腐……还有云南菌菇干炖的汤和凉拌折耳根。

今年回楚雄后，阿细把在建德学到的点滴生活技巧发挥到日常中，听阿彪说，她已经学会了做馃，包粽子。这次端午，阿细在楚雄准备自己动手包粽子，按大卫说的步骤和阿彪亲传的馅料配方，一步步重新开始把玩，有不明白的地方又和阿彪视频连线，动作示范，语音指导，终于完成了粽子大业。听说阿细包的粽子很成功，已经能散发出建德的味道，分发亲朋好友享用后，获得了一片点赞声。

云南人也包粽子，但比较简单，甜粽就往白米里塞两颗红枣，包咸粽也不会对糯米调色调味，肉馅就简单处理一下即成，就像做菜没有江浙人这么精细讲究，会变着花样提高饮食的品质。

阿细现在包的粽子自然有了建德的成分，但用的都是本地食材，用心包肯定能出彩。她的表妹在楚雄熊猫酒店上班，可能对表姐的粽子特别赞，带了两只粽子给酒店的厨师长尝尝鲜，居然也得到了厨师长的称赞，这事还惊动了酒店老总，提议让阿细到酒店来指导后厨的阿姨包粽子。

哈哈，想不到这粽子还有这么多的趣味。

2023 年 6 月 24 日

仙江"的鲜鱼

一

正是北京经历了暴雨袭击之时，山洪暴发，洪水滔天似脱缰野马给北京和周边地区带来了无法估量的惨重损失，特别是河北涿州被洪水围困，人遭了殃，眼见无数库存书也泡了汤，让无数爱书人心痛不已。

而此时的仙江（建德人对新安江的爱称，其因有二：白沙奇雾升起时，薄雾弥漫，江上宛若仙境；用本地口音读"新安江"，当语速加快，口里会蹦出"仙江"语调。）却是在落日余晖的照映下，晚霞金光，水波粼粼，静若处子。傍晚，遛小登时，过紫薯绿道到"溪台觅缘"驿站尽头，在小码头处，见一男子裸露着上身，站在水边，放网排捕鱼，看他悠闲地慢放着渔网，随着水流渔网浮子缓慢地飘向不远的建德大桥桥墩底下。这种长几十米、宽不过一米的长排渔网，只能兜住一些小鱼小虾，这是捕捞江鲜的一种方法。

在仙江捕鱼的方式多种多样，还有划着小船，到江心，向天张网一撒瞬间入江面的即时捕捞；也有占据岸边一地，处树荫下的长久垂钓；还有傍晚撒网，清晨起捞的"守株待兔"。

于小溪一头，手持两竹竿支起的渔网，水浅处可以往上游徒步涉水撒网，步步为营，难有漏网之鱼。

不要以为这些小家子气的捕鱼，就没见过大风大浪里的捕捞。洪水滔天对居于新安江两岸的人们可谓司空见惯，也怪而不怪了。那年，新安江水电站唯一的一次九孔泄洪，那出水的气贯长虹也是惊呆了建德人。谁不知道上游千岛湖水的金贵，可为了减轻安徽境内黄山一带洪涝灾害带来的损失与压力，第一次以九孔放闸行洪分流水患，那些养在千岛湖里深处的可以成精的胖头鱼过闸时，犹如鲤鱼跳龙门，翻滚而下，不是砸死就是砸晕，脑震荡后的大鱼成批漂浮在新安江上，不懂水性的人也不敢过江去捕捞，负责行洪安全的工作人员也不会让人随便捡个便宜。但大水过了白沙大桥、建德大桥后，水流缓慢下来，那些平日在江上捕鱼的九姓渔民后裔怎么可能放过这千载难逢的机会，纷纷驾着小船在江上尽情捕捞，那段时间，市场的大鱼被剁成小段，一段段地卖，便宜得让人无法想象。除了鱼头贵点，鱼身的价格和蔬菜同价。

二

仙江边上人的口福，就是这样练就出来的。贱如菜价的鲜鱼不可能经常碰到，但每天清晨，在水韵天城下的江滨公园一处，却可见几个渔夫几乎天天会将前一晚张网，清晨一早收网捕获的野鲜鱼带上岸，在空旷一处就地剖肚刮鳞，往盆里一丢，随路过的晨练居民挑拣，买上一碗的量带回家冲洗过后，中午就可以烹制鲜鱼上桌。品尝一江之鲜竟是如此的唾手可得，也是仙江人的福分。但这种江边小摊，大鱼少见，小杂鱼七功八得，也给尝食多了几分讲究的余地。

若有所思地会想到 20 世纪 90 年代的仙江，不知从哪里漂流过来成批的小银鱼，个小如米虾，除了眼珠黑圈，通身素白。每当夜幕降临，仙江上便呈现出渔火点点的繁盛景象。估计也是这帮渔民，泛舟江上用聚光灯往水里一照，趋光的小银鱼就会傻了吧唧地成批聚集于灯下，任捕鱼者用鱼兜现捞，每晚的收获就是几水桶的银鱼待第二天一早等鱼贩子来收，也有宾馆酒店的老板派人来收的。

由此，那几年在仙江的饭店酒肆里开发出许多银鱼菜肴，有银鱼蛋花羹、豆腐银鱼汤、油炸银鱼糊饼……这种银鱼无须处理，可直接入菜，像小虾米一样放汤做菜可以囫囵吞枣一般下肚。

好景不长，没过几年，银鱼就消声匿迹了，不知是什么原因，就像它来得奇怪，去得蹊跷，很快就在仙江人的记忆中消失了。反正这里不缺江鲜，银鱼本身就缺少大快朵颐的豪气，不过记上一笔也是对那个时代偶遇银鱼的记忆。

三

得益于江鲜一味而大发其财的传奇故事，"胖子鱼庄"可以一说。当年（80年代末90年代初）在龙宫馆餐饮边上小弄堂里起家的"胖子鱼庄"，就烧酸菜鱼开始发家致富。成为招牌菜后，每客必点，就是要吃仙江正宗的酸菜鱼。

酸菜鱼不是建德本土的菜系一例，是一道源自重庆的经典菜品，以草鱼为主料，配以泡菜等食材煮制而成，口味酸辣可口。酸菜中的乳酸可以促进人体对铁元素的吸收，还可以增加人的食欲。酸菜鱼的做法步骤包括处理鱼和其他食材，腌制鱼片，爆炒姜丝和泡椒，加入酸菜和其他调料煮制，最后加入香菜和葱段即可。"胖子鱼庄"老板因地制宜，借鉴重庆酸菜鱼的烧法，再根据建德一带胖头鱼特色，根据个人口味进行调整，常用的配料包括花椒、红椒、泡椒、姜、蒜、盐、糖等，形成了具有建德风格的酸菜鱼。

说一品名天下有点夸张，但成网红店后，生意好的时候，一天能烧掉百余条的胖头鱼，想想这是多少营业额的生意经。

"胖子鱼庄"老店还在曾经热闹一时的老车站附近。听说新店已在新安里开张，生意凭借老店的名声也兴旺发达起来了。

四

仙江有关鱼的故事很多，当年红极一时的虹鳟鱼养殖也是极具影响的例子。

在1959年，开国总理周恩来在访问朝鲜时，朝鲜主席金日成把它作为"国礼"献给周恩来，周总理将虹鳟鱼带回中国，送与毛主席，主席见到此鱼侧身彩带鲜艳，形态奇特，大加赞赏。金日成主席得知这一消息后，便亲自组织给中国赠送了亲鱼（种鱼）24尾，在周恩来总理的亲切关怀下，首次在我国高寒地区试养成功。

建德非高寒地区，但在周总理关怀下建成的新安江水电站，电站下游的水温却奇迹般地保持12—17°的常温，不论春夏秋冬，水温经年不变，这为在新安江里养殖虹鳟鱼带来了得天独厚的条件。

味道鲜美，骨软刺少、少腥味、宜清蒸、热炒和熏制。改良虹鳟鱼菜系，用虹鳟鱼做生鱼片，让这种高蛋白、低脂肪的名贵鱼有了发挥自身优势的前景。

网上查到一篇刊载于2011年1月11日《浙江日报》报道新安江虹鳟鱼养殖场的新闻稿：

水泥的走道延伸到水面上，划开一个个四四方方的格子，一字排开，每一个格子的水域里都沉着网箱。成群的虹鳟鱼，总是打着圈儿快速地游着，背上的一道道"虹"，在阳光下鲜明地舞动，排成不断流动的漩涡。

这是李建山的虹鳟鱼养殖基地——沿着新安江，占地18亩，依山傍水，风景秀丽。李建山笑着说，基地处于新安江水库下游，在这里养殖的虹鳟鱼是喝着山泉长大的。

新安江水正适宜

原产于美国阿拉斯加地区的虹鳟鱼，在我国的养殖历史可追溯到1959年。在我国高寒地区试养成功后，虹鳟这种珍贵鱼种便在北京、黑龙江、山东、辽宁、吉林等地的专业养殖场中落户、繁衍。

虹鳟鱼是冷水性鱼类，喜栖息于水质清澈、溶氧丰富的山川溪流中，适宜生活温度为 12 − 18℃。由于新安江水库多年的调节，以及电站年约 80 亿万方发电尾水影响，使得从电站大坝至下涯段长达 20 公里的新安江水域常年水温维持在 14-20℃，水质极佳，正好吻合虹鳟鱼的严苛要求。而李建山的养殖基地，就处在这个水域范围内。

要养好娇贵的虹鳟鱼，并不是件容易的事。新安江得天独厚的水文条件只是提供了一个良好的基础，从蚕豆大的鱼卵长到数斤重的成鱼，每一步都离不开养殖户严格遴选和悉心培育。

李建山说，在一年的周期中，大小不一的鱼苗循环生长，可以长出4 至 5 批成鱼。但一条鱼要长到 4 斤左右，需要约 18 个月时间。如果是用来制作鱼干的鱼，重达十几斤甚至更多，也就需要更长的养殖时间。

让百姓消费得起

回忆起 2002 年刚从水利局接手这个渔场的情景，李建山还记忆犹新：岸边窄窄的一溜空地和江里排列的几十只网箱，网箱之间的走道，是浮在水面上的几条毛竹排，走的人一多，一不小心就会掉下去，相当惊险。

承袭了一套旧的场地、设施和人员，初期的收获并不多，往往一车只能拉上一两百斤的鱼。"2005 年的一次打雷，还把我总值 20 万的鱼给活活电死了。"

没有被困难吓倒，李建山的虹鳟养殖逐渐有了起色。现在他的虹鳟鱼基地年产量在 30 万斤左右，因其口味独特鲜美，销售到了杭州、上海、北京、西安等地。

相比脂肪含量较高的三文鱼，胆固醇含量几乎为零的虹鳟鱼在口味上虽然稍显清淡，却更为健康，尤其适合三高人群食用。目前，市场上虹鳟鱼每公斤售价超过 300 元。

"要让虹鳟鱼进入寻常百姓的餐桌"，李建山一直有这样的追求。目前，他正与上海海洋大学、杭州市农科院合作，建立专门的科研基地，积极改进养殖技术，寻求降低成本，希望人们更加消费得起。

这篇旧闻为昔日的新安江虹鳟鱼养殖留下了一个注脚，后来因行洪受阻，网箱养殖对生态的影响等原因，原养殖基地搬迁，现在落户哪里，我也不得而知。

五

仙江的鱼鲜远非我所指的这几种。一方水土养一方人，一江水养一江鱼，至三江口，鱼鲜又是另一番情景。这里是九姓渔民的生存地，自明清以往，人为造就了这一带江上风俗风物，他们世代以江为生的生存方式，以江鲜为主的饮食习惯，流传于世的九姓江鲜食谱，为世人留下了难以忘怀的风俗民情，如今也成了非遗传承。

流传最广的就是春江鲥鱼。富春江以盛产鲥鱼而闻名全国，每届春夏之交，端午前后，鲥鱼从海洋进入钱塘江，上溯至桐庐县排门山、子陵滩一带产卵，至此不再洄游，形成汛期。产后归海，其名即取其来去有定时之意。鲥鱼游至春江最远的地方就是三江口，过了三江口就很难见到鲥鱼。

春江鲥鱼以唇有朱点者为上品，据说系严子陵用朱笔点过。此鱼肉质细嫩，含脂肪丰富，宜清炖或清蒸食之，鲜嫩无比，味极肥美，为鱼中上品，酒席上之珍品。其鳞片也可食，是旅游者喜食的佳味。

鲥鱼为名贵鱼类，其色白如银，苏东坡、何景明、郑板桥等著名诗人曾赋诗称鲥鱼为"南国绝色之佳"。明朝鲥鱼列为贡品，至清代康熙年间，鲥鱼已被列为满汉全席的主要菜肴。鲥鱼并非富阳独有，长江、珠江及钱塘江都有，但富春江鲥鱼最为名贵。它鱼体丰肥，肉质细嫩，脂厚味美，历来被尊为鱼中上品。清朝康熙年间，被列为"满汉全席"的主菜。鲥鱼最好的烹调方法是清蒸，蒸好后，再用酱油蘸食，实为"鱼中之王"。郭沫若曾赞誉"鲥鱼时已过，齿颊有余香"。

由于这一水系同时兴建了富春江水电站和新安江水电站，导致水流、水温变化，富春江鲥鱼已经绝迹。

这是人类在改造自然时，得与失典型的表现。

六

三江之域有着品种丰富的淡水鱼种，野生鱼的烹饪在民国一时成为当年游梭于江上的茭白船上船菜的主打菜品。后来也为梅城三江楼带来了声誉鹊起的机遇，再后来养殖成功的大洋螃蟹又为这一带的江鲜带来了多元化的饮食体验。

仙江的江鲜鱼鲜，是一个说不尽又让人回味无穷的话题。

2023 年 8 月 3 日

去年，在杭州举办的第十九届民间读书年会上，有幸遇见并认识了深圳书友张洋兄，他的网名叫"包子馒头"，当年在"天涯社区"就有所耳闻，他在网上和深圳本地的读书圈里名声很响，以收藏民国珍稀平装书见著。相谈后，得知他还有一个收藏专题：菜谱菜单收藏。遗憾的是没能见到他的藏品。

收藏戏单、菜谱并不稀见，可专门收藏菜单，我倒是没听说过。在我的印象中，以票据式填写的菜单多见，现在上饭店酒肆请客点菜大多是看摆在冷橱里的样菜和挂在墙上的成品菜照片而点，不像以前店里还有带图片的分类菜谱，上面有冷菜、热菜、主食、酒水，有些还标注本店特色菜，今日特价菜，以招揽顾客。点菜时，服务员就在票据上填写桌号（包厢名）、菜名、几客、酒水，用复写纸夹着开出一式两份，一份交给后厨备菜，一份留在前台等顾客酒足饭饱后结账买单，那菜单请客的主顾看看就过了，一般也没人会索取那份菜单，如要报销凭证则须另开餐饮发票。

所以，对菜单收藏，我固守成见，好像没这个必要也没啥收藏价值。但从百年无废纸的观念来看，似乎老菜单也是观察与研究地方饮食变化，包括菜品、价格变化和商业发展历史的轨迹，作为凭证，菜单还是有价值的。

菜单收藏中，"张大千菜单"倒是一个有趣的特例。前两年，有一拍卖公司预展册上发了好几页由张大千题写菜品的菜单，引发出"吃货"大千当年的趣闻。当年，喜欢美食的他，不仅经常宴请名流大咖痛饮，而且还喜欢亲自点菜，尤其是他每次宴请，都要亲自写菜单，后来成了他的一种习惯，而他的"手写体"菜单，也一度被追捧，成为吃货界里的"杠把子"，经常被同席的有心人索取。

这就不仅仅是菜单了，这是名人手迹的一种，写在菜单上就和饮食文化挂上了钩，一时成为酒席上的美谈。品美酒，尝佳肴，索名人菜单，有谁不乐意呢？

从张洋兄专注收藏菜单一事和读了赵珩先生的《菜单与戏单》一文，让我对菜单有了新的认识。珩公在文中道："安排得当的菜与戏都会给人极大的享受，让人回味无穷。盛宴散去后的余味，帷幕落下后的回声，都会给人隽永的回忆。同时，印刷精良的菜单和戏单又是一种很特殊的艺术品，有着保留和欣赏的价值。"

原来是自己孤陋寡闻了，没有见到过精美的菜单。文中还提到了菜单收藏大家，原中烹协常务副会长兼秘书长林则普先生曾收集了近六十年的菜单数百种，后来选编了其中的精品，出版了一本《中国菜单赏析》。收藏菜单，这和林先生的职业生涯有关，他也是饮食行家又是一个用心人。珩公对林先生和这本《中国菜单赏析》给出了中肯的评价，"对研究近六十年中国餐饮的发展有着很重要的史料价值"。

出于好奇，我上孔夫子旧书网订购了这本《中国菜单赏析》，不看不知道，一看真奇妙，原来菜单的世界也是如美味佳肴一样"有滋有味"。林先生的菜单收藏涉及全国各地的著名菜馆，品读菜名也是一种文字欣赏与舌尖上的享受交相辉映的过程，各大菜系在菜单上的比拼或许并不直观，但总会让人看到它们的不同与独到之处。

有了这些间接的提示，我对菜单也慢慢地关注起来。比如，这次到天津参加第二十届读书年会，我们浙江与会的八个书友组合成一个"浙江书友走大运"的自驾游团队，从杭州拱宸桥出发，沿大运河行进，一路饱览运河美景，一路不忘品食各地方的美食美味，到淮安尝民间淮扬菜时，在一店家点菜时要了一份菜单，服务员说就一张，只能拍照留底，还是那种轻飘飘的票据菜单，不要也罢。

而从天津回程路过扬州时，同行的朱绍平先生，让他的朋友在扬州"中国淮扬菜博物馆"里的"卢氏盐商"餐馆请我们吃了一顿淮扬菜大餐。大快朵颐之后另有收获，我问服务员有无菜单，她居然真的拿出一份颇为讲究的印制菜单，还可以拿走，这让我大喜过望，这是我对菜单留了一个"心眼"后得到的第一份菜单，也算是吃饱了撑的"兜着走"行为。而在第二天早上"地主"请吃的冶春茶社里吃扬州早茶，桌上也出现了一份更加精美的菜单，形制似请柬，内页有立体图案，文字说明有当天吃的菜名、茶点名，也是用心设计过的，在我的提议下，在座的人都在菜单上签了名。

这是一份颇有意义的菜单，扬州早茶的丰富与美味都将留在菜单上，朱先生有意收藏，我就不好意思再索取了，拍照留念即拥有，足矣。

2023 年 8 月 29 日

　　浅薄了，初次看到 XO 酱就像现在看到正流行的酱香拿铁，以为用洋酒 XO 往酱料里倒入那么一点就成了 XO 酱。其实，完全不是那么一回事，哪有那么简单。用百度的话说，"XO 酱是精选品牌火腿肉、优选大粒瑶柱及正宗海虾米等优质原料，经过数道工序熬制而成。口味更鲜美纯正，营养再次升级尤其适合烹制各类高档食材。XO 酱首先出现于1980 年代香港一些高级酒家，并于 1990 年代开始普及化。'XO 酱'其意为世界顶级酱料的意思，它效仿法国顶级酒类的称呼，而'O 酱'就是酱料里的顶级调味品了，它所使用的都是上好的原材料，因此味道也是极鲜美的"。

　　原来如此，归纳一句话，"XO 酱"是酱料中的天花板。

　　七月初的一个夜晚，有幸在扬州的中国淮扬菜博物馆内设的"卢氏盐商"菜馆里，吃到了一餐正宗的淮扬菜，余味无穷，至今难忘。翻出当晚的菜单，居然有一道"XO 酱爆鸡枞鲜贝"，如果没有这张菜单，我都想不起来究竟是哪盘菜才是由"XO 酱"引领的鲜中鲜，菜单的作用顿时突现，它可以帮助人食忆的完整回想。鸡枞是菌干，鲜贝已去壳，辅以红椒点缀，而"XO 酱"似灵魂早已随主菜料在烹制过程中融入其中，难见踪影。无形的眷顾才值得人牵挂，只是当时并没有注意这个环节，如果没有菜单的提醒，我怎么知道这道菜会有如此讲究。日后翻出菜单，乍眼一看，原来一席佳肴的秘密都藏在细节里呢。

自此，我对菜单收藏有了实质性的新认识，它的价值已经不是简单的菜品提示，完全可以一窥一种菜系文化内核的蛛丝马迹，和在传统烹饪基础上的创新成分。

王亭之先生在《谈食》一书中也提到"XO酱"，事实上在最初这种酱本来没有名字，王亭之家厨只称之"老太面捞"，老太是王亭之的庶祖母卢太君所创。老太是苏州人，喜欢面食，这种酱是吃面时的拌料，称为"面捞"。庶祖母的面捞源自苏州的八宝酱，不过大加改良，作料之精已远远超过传统的八宝酱。

造酱和做腐乳一样，是我国天才的发明，三千年前，《周礼·膳夫》就已经提到酱。王亭之说那时的酱肯定包括肉酱，称之为"醢"，《诗三家义集疏》："以肉作酱曰醢。"老太面捞即得此意。可惜肉酱的具体做法未见披露，到了北魏时的《齐民要术》倒记录有肉酱的做法。其制法仍可一读：任取牛、羊、獐、鹿、兔的鲜肉，去脂与筋，细细斫碎，然后加入晒干的曲同蒸，再筛去粗末，与蒸熟的黄豆入盐和匀，贮入瓮中，埋入黍堆内候十四天，即可取食，但须注意是否已尽除曲气，要完全发酵鲜味自然来。

《齐民要术》记载的肉酱调制法，有些肉末现在都是保护动物，可以试着用其他肉末替代，但它所提到的和蒸熟的黄豆相拌，再埋藏发酵，与现在普遍制作豆瓣酱的方法如出一辙，这就是传统的继承吧。

XO酱所用的辅料已经更为讲究，什么好什么鲜都往里搁，金华火腿茸、江瑶柱丝、大地鱼末、虾米末、虾子，均在蒜油中爆香候用。

王亭之一提起老太面捞，头头是道，也真知灼见，都是久经考验，不断改良的经验之谈，如蒜油要用熟猪油或肥猪肉熬制，油渣也可研末作料。爆好蒜油，再用四种辣椒爆，四川黑椒干、四川红椒干、广西椒干、指天椒。最好是分别爆，分别贮藏候用。

仔细想来，制作 XO 酱也并非太难，完全可以根据自己的口味调制，作为制菜的辅料也没必要搞得那么复杂。建德周边的兰溪、淳安都是制作豆瓣酱的传统名地，会制各种传统的豆瓣酱，淳安的"方腊酱"尤为有名，尽我所用，完全可以调制出一款建德的"XO 酱"。

2023 年 9 月 6 日

饮膳二章

一、"严州府"的格调

每次入席"严州府"就餐，总会莫名惊诧几分，这方建德餐饮天花板的食之宝地，总会给人带来一二惊喜，不光光是菜肴的美味讲究，还有一些饮食以外的东西。

昨晚，是蒋校临时起意，要宴请严陵书局的书友们，说是吃个便饭，让马先生去"严州府"订个包厢，先是"浩然厅"，后来移至"铜谷浮翠"。

好吃的人对饭局几乎都是来者不拒，没理由啊！我是第一个被服务员带进包厢的人，来得太早了。我现在对重新装修过的"严州府"餐饮部的整个格局还是没有大概的了解，这次好像拐了好几个弯，跟在服务员的后面，有曲径通幽之感，才到了包厢门口。

推开厚重的包厢实木大门，开灯敞亮出一片豁然开朗。室内说不上豪华，却有属于"严州府"自己的格调，迎面整墙的仿生绿植挂毯上插入一些大叶仿真绿叶及花卉，靠外走廊的一面是蓝色的固定栅栏百叶窗，装饰大过实用，通风大过透光，就是这道内窗，透出了一点民国范。走进包厢的那一刻，恍惚间像是把我带进了另一个时空。"造境"可以营造气氛，有曲径通幽作铺垫，眼见似曾相识的室内场景，好像是在横店民国影视城里的某个房间，它要给你的就是怀旧情绪，让不确定的影响在记忆的冷宫里升温，生出对就餐环境的好感，这就是"严州府"的格调？瞥眼从房顶悬挂下来的三盏蒲扇遮叠帽子灯，也算别出心裁。几张皮藤相间的靠椅围着圆桌摆放，静候嘉宾的到来。

包厢名叫"铜谷浮翠"，取自建德十景中的一景。那瀑布连连，野趣横生，幽静自怡的铜官峡，处处浮翠挂绿，有雨长流瀑布群，无雨水滴落翠屏。那是野生之中似有精心雕琢的自然天成之景，是我第一次游览时的深刻印象，怪不得有人将铜官峡最幽然的一段峡谷叫"情人谷"。

包厢有此雅意，徒生悠然自得。

2023 年 6 月 13 日

二、蔬笋气

宋人赵与虤《娱书堂诗话》记：僧志南能诗，朱文公尝跋其卷云"南诗清丽有余，格力闲暇，无蔬笋气"。

胡竹峰读此一句，顿生清意："这风雅且带山野情怀的三个字，从一本泛黄的古书里，与我邂逅，让人恍惚间仿佛触摸到了宋人的体温。蔬菜与笋的味道交织在一起，它们散发的气息让我不能自持。"

我心有相惜，对笋干的偏爱也不能自持。江南多竹，清明前后的乡野山地笋在雨后初晴之时，疯长势态喜人，好友根红与阿彪二兄都是拔笋高手，每次看他们满载而归后，呼朋唤友来家分享劳动成果必定少不了有以笋为标志性的重菜，咸肉炖笋、油焖笋、笋丁蚕豆咸肉糊、雪菜笋片肉丝……吃不完的新鲜笋，又可以煮熟晒干，储存起来以备不时之需。夏令时，笋干可以与新鲜蔬菜同烹，又可与老鸭同煲，是一种很适宜搭配的食材，组合之后的风味，食之无不称赞。

丝瓜与笋干的相遇，不就是蔬笋气吗？当青春的气息与枯寂的禅定对冲，至少在一碗汤里能品味出一种老少皆宜的味觉反差，既不热烈也不平淡，是有层次的体验。

　　在引文中，朱文公点评僧志南的诗无"蔬笋气"，是褒义，是免流于俗套的标新立异，或是贵气、才气、灵气、金石气……可唯独缺少"蔬笋气"不也是一种缺憾？

　　我对"蔬笋气"在饮食上的应用一点也不鄙视，可视之为下里巴人的夏令口粮菜，待客之食也是有快意的。

2024 年 6 月 20 日

外婆的烟袋

一

又在老蒋的觅古轩里淘到小玩意儿，一对小烟袋。我有点纳闷，这么小的烟袋，烟袋锅里能塞得下多少点烟丝，抽起来会过瘾吗？

真是太小巧了，那烟袋比淘耳屎的耳勺大不了多少，这工匠肯定是按顾客的要求定制的，那烟斗的主人是咋想的，烟抽多了有害健康？

我小时候看到外婆的烟袋比这大多，铜头竹管，细长，烟竹杆被盘得油光发亮，都润出了枣红色，烟杆上挂了一个布做的烟荷包，上面绣着两朵荷花，让大老爷们把玩的东西在外婆手里却有了点灵气。男人的烟杆一般挂的烟口袋是竹制椭圆形，可以上下开合，讲究点的还会用牛角精心制作，外形粗犷些，适合男性身份。

烟荷包（烟口袋）里装的烟丝，有细的也有粗的。细烟丝以前梅城黄烟厂的门店里有散卖，用黄草纸捆扎成大小不一的烟丝包，按量分售，几两的，半斤的，一斤的，看自己烟瘾的大小购买。烟丝不宜久放，容易受潮发霉，触了霉头的烟丝抽起来就变味了，这对老烟鬼来说是无法忍受的事。大包的烟丝也可以当礼物送人，随售的还有卷烟纸。这种细烟丝既可以自己当卷烟自制，也可以当旱烟袋的烟料。

还有一种粗烟丝。一般集市上有烟叶卖，可买回家自己加工做烟丝，也有帮你切好的黄烟，因手工制作，烟丝比较粗，抽起来也劲猛呛人。

二

梅城老伯对付调皮的小孩是要敲栗子壳的，如果他会抽旱烟，会用旱烟袋比画比画，露出锃亮的铜烟头锅儿做出要敲脑壳的动作，一下子就把小孩吓跑了。

我记得外婆在世的时候会抽旱烟，可没见过她用烟袋吓唬过小孩，印象最深的是她能用掉光了牙齿的瘪嘴，那么轻轻地一抿再一吹，像呼出一股仙气把带着火星的煤头纸吹出一团火苗，再把烟锅儿凑到火苗上，噗嗤噗嗤地烟丝顿时着火灵动起来，随着另一头烟嘴的吸合舞动开来，一缕青烟从外婆的嘴里吐出，那满意的神色真的好享受。等一嘴烟烧尽，可真的是要敲敲"脑壳"才能倒出烟灰，再装下一嘴，继续重复这番动作，直到过足了烟瘾才罢休。俗话说，一袋烟的工夫，就是过足烟瘾要抽光一烟袋的时间，这是后来才明白的。

有人说，拿筷子，吹煤头纸，吃瓜子是中国人独得的技术。就说吹煤头纸，我小时候看抽烟的老人那么一吹，火苗就出来了，真神奇。我也试着学样使劲吹，只是把煤头纸的火星四处乱窜，没有吹出火苗一次。

三

那点烟的燃器煤头纸也值得说道说道。

煤头纸是用以引火的小纸卷，旧时烧饭时把炭火保存起来以便下次做饭时点火，就用小纸卷一吹，红红的火苗嗤的一声照亮灶洞，家里抽旱烟的老人也用它来点火。在小孩子的记忆中，当火光照亮老人黝黑的脸庞坐下来闲聊是他们一天中最惬意的事，在火塘边，在酒桌上，还有在床前。

煤头纸也有用来念佛或书写的，现在这种纸已不多见。

吹煤头纸，丰子恺在《吃瓜子》一文中有精彩有趣的描述，不妨一读：他们的"要有火"比上帝还容易，只消向煤头纸上轻轻一吹，火便来了。他们不必出数元乃至数十元的代价去买打火机，只要有一张纸，便可临时在膝上卷去煤头纸，向铜火炉盖的小孔内一插，拔出来一吹，火便来了。我小时候看见我们染坊店里的管账先生，有种种吹煤头纸的特技。我把煤头纸高举在他的额旁边了，他会把下唇伸出来，使风向上吹；我把煤头纸放在他的胸前了，他会把上唇伸出来，使风向下吹；我把煤头纸放在他的耳旁了，他会把嘴歪转来，使风向左右吹；我用手按住了他的嘴，他会用鼻孔吹，都是吹一两下就着火的。中国人对于吃煤头纸技术造诣之深，于此可以窥见。

真是高人一个，现在还能掌握这样杂耍一技的人估计不多了吧。

四

梅城老话说"嬉在外婆家，吃在娘舅家"，外婆一直跟着舅舅过，外婆家就是舅舅家。他们从双桂坊边上的老宅搬到建德林场门口新造的两层砖瓦房后就再也没搬过家。

我在梅城区校上初中时，几乎天天要从舅舅家经过。那时区校有小学部和初中部，上小学的叫"区小"，上初中的叫"区校"，小校是谐音，叫法不一，其实是同一所学校。

那时，外婆已是七十多岁的老人了，身体大不如从前，有严重的气管炎，早就把香烟给戒了，从此不见了那个烟袋。外婆的腰间终年系着粗布围裙，冬天的时候里面放着一个火熜，用手拱着取暖之用。每到下午放学回家时，经常看到她锥立地站在门口，看着放学的人群不时地张望，一看到我出现时，连忙招手。我知道这是让我过去，走到她身边时，她会像变戏法的魔术师从围裙里拿出烘烤在火熜上的地瓜，也不一定是地瓜，今天是地瓜，明天可能就是苞萝粿，后天可能就是玉米棒、腌菜饼，那围裙好像是魔术师手里变戏法的魔布，给我带来意想不到的充饥美食，那是最能吃的年龄，我没少过外婆亲手做的零食。

可好景不长，刚上初二不久，外婆就因病去世了，舅舅家门口那个熟悉的身影从此消失了……

当有一天课本上学到鲁迅《故乡》中描写豆腐西施杨二嫂的一段："凸颧骨、薄嘴唇，五十岁上下的妇人站在我面前，两手搭在髀间，没有系裙，张着两脚，正像一个画图仪器里细脚伶仃的圆规。"我仿佛又看见了外婆的身影，"细脚伶仃"就是外婆的形象，她锥立于舅舅家的大门口那情像早已刻在我的脑海里。

这就是我的外婆，一个小脚老太婆。

2024 年 5 月 21 日